景宁古诗

景宁畲族自治县诗词学会◎编

百花洲文艺出版社
BAIHUAZHOU LITERATURE AND ART PRESS

图书在版编目（CIP）数据

景宁古诗 / 景宁畲族自治县诗词学会编. -- 南昌：百花洲
文艺出版社，2021.1
ISBN 978-7-5500-4037-3

Ⅰ. ①景… Ⅱ. ①景… Ⅲ. ①古典诗歌 – 诗集 – 中国
Ⅳ. ①I222

中国版本图书馆CIP数据核字(2020)第265837号

景宁古诗
JINGNING GUSHI

景宁畲族自治县诗词学会　编

责任编辑	胡青松
书籍设计	陈 军
制 作	陈 军
出版发行	百花洲文艺出版社
社 址	南昌市红谷滩新区世贸路898号博能中心一期A座20楼
邮 编	330038
经 销	全国新华书店
印 刷	济南普林达印务有限公司
开 本	787mm×1092mm 1/16
印 张	24
版 次	2021年1月第1版第1次印刷
字 数	468千字
书 号	ISBN 978-7-5500-4037-3
定 价	98.00元

赣版权登字　05-2020-326
邮购联系　0791-86895108
网 址　http://www.bhzwy.com
图书若有印装错误，影响阅读，可向承印厂联系调换。

《景宁古诗》编委会

主　　任：叶明德

副 主 任：陈华敏　　徐玉梅

委　　员：蓝明法　　毛荣耀　　刘奕春　　叶关和

　　　　　毛昌立　　练端喜　　陈可清　　陈　舒

　　　　　任妙琴　　张晓明

主　　编：叶明德

副 主 编：陈华敏　　蓝明法　　周树根

编　　辑：刘奕春　　徐玉梅

书　　题：潘作仁

封面设计：陈　军

序

    《景宁古诗》经过景宁畲族自治县诗词学会两年多搜集、校正、编辑，即将付梓，这是我县文化事业的一件幸事，令人欣慰。

    2018年10月中旬，浙江省发改委专家抵景，传达省发改委关于编制"浙江省诗路文化带建设规划纲要"的意见，要求搜集、整理、编辑、出版景宁古诗词，与省诗路文化旅游带规划相衔接配套。

    县委、县政府召集有关单位人员参加座谈会，听取景宁山水古诗词基本情况汇报。县委、县政府领导听完各单位汇报后，当场指定由县诗词学会编写方案，报送县政府批复实施。并要求尽快组织课题组，开展景宁古诗搜集、整理、编辑、出版工作，力争把景宁畲乡诗路黄金旅游线路纳入省、市发展规划。

    县诗词学会接受任务后，由十三名具有一定诗词基础知识的人员组成课题组，按照县委、县政府及省市专家组意见与要求，明确任务、理清思路、分工协作，提出古诗词搜集方案。

    根据《浙江省诗路文化带建设规划纲要》编制要求，县诗词学会课题组将景宁境内分设为四条诗路旅游带。

鹤溪诗路旅游带

    地域范围包括：鹤溪、惠明寺、封金山、环敕木山"十寨"等。古诗词主要代表作有秦浮丘伯《鹤歌》、宋秦观《好事近》、汤思退家族以及历代诗人鹤溪风光诗词。

一

千峡诗路旅游带

地域范围包括：中国畲乡之窗国家4A级景区、环浙江第二大人工湖千峡湖景区、华东第一峡炉西峡、省级地质公园九龙山。古诗词代表作主要含谢灵运《过白岸亭》，明朝刘伯温和其他诗人作品。

云中诗路旅游带

地域范围包括：国家4A级景区云中大漈、华东最大高山湿地望东垟、上标"天池"、东坑爱情小镇、桃源水果沟等。古诗词代表作有宋张玮、明潭民、清严用光、钟夏嵩所作关于"时思寺"、"雪花漈"之诗词。

瓯源诗路旅游带

地域范围包括：百山祖国家级公园东大门，美食小镇英川、纤夫故里沙湾、马仙祖地鸬鹚、运动小镇秋炉以及高演、隆川、葛山、黄谢圩等传统古村落群。古诗词代表作有唐代李阳冰《护国夫人庙碑记》、明汤显祖《咏瓯江小溪》，清代严用光、柳光华等人诗作。

景宁是全国唯一的畲族自治县、金奖惠明茶原产地、中国农村小水电之乡，位于浙闽边陲，两江（瓯江、飞云江）之源。千百年来，畲汉人民垦荒僻壤、繁衍生息、团结奋进，在创造物质文明的同时，也创造了多姿多彩的精神文明。在畲乡这片古老神奇的土地上，历代先贤，如秦代与李斯一起师从荀子的浮丘伯，东晋山水派大诗人谢灵运，唐朝李白堂叔李阳冰，一代青天包公的祖先，宋代参知政事汤思退、秦观、大理寺少卿潘特竦，明开国元勋刘伯温、中国莎士比亚汤显祖，天顺元年进士潘琴、太常寺少卿潘辰、天才童子戴梦龄、清景宁训导金士衍、清代文人严用光、柳光华……都留下了许多琅琅上口的诗篇，可谓名家迭出，遗韵久远。可惜的是由于水淹火焚虫蠹，县治几度撤并，文革"破四旧"等诸多原因，许多文献已经失散或湮没在历史长河之中，芳踪难于寻觅。

一个民族的伟大复兴，离不开文化的复兴。在县委县政府的领导下，全县人民正朝着习近平总书记提出的"三个走在前列"的目标大踏步前进。县委、县政府部署开展景宁古诗词收集工作，非常及时，为我县构建诗路文化全境旅游在软实力上打下基础。

县诗词学会以发展畲乡文化为己任，以时不我待的精神，投入景宁畲乡古诗词搜寻、抢救，甄别、整理，选编、校对等繁琐复杂的工作之中。主要把握三点：一是中华人民共和国成立以前的诗词；二是吟咏山水人文名胜的诗词；三是收集畲族精品歌言，以填补畲族诗歌空缺，丰富《景宁古诗》内容。

《景宁古诗》汇集先哲前贤爱祖国爱家乡的情愫，凝结一代又一代仁人志士创造文化的心血。她的出版，对于提高畲乡的人文素养，加快畲乡诗路文化旅游带建设，拓展景宁文化影响力，促进畲汉民族团结，打造文化强县具有重要的现实意义和历史意义。

彭岳舜

二〇二〇年九月于鹤溪

目　录

鹤溪诗路

【秦　朝】

【唐　朝】

【宋　朝】

【元　朝】

【明　朝】

【清　朝】

【民　国】

千 峡 诗 路

【晋 朝】

【宋 朝】

【明 朝】

【清 朝】

云中诗路

【宋　朝】

【明　朝】

【清　朝】

【民　国】

瓯　源　诗　路

【唐　朝】

【宋　朝】

【明　朝】

五

【清　朝】

【民　国】

畲 族 歌 言

附　　　录

景宁古诗

目录

七

鹤溪诗路

浮丘伯故事，浮想联翩；
鹤溪河胜景，色彩斑斓。
敕木山日出，气象无限；
畲族人婚嫁，时光千年。

秦　朝

浮丘伯（秦）

【浮丘伯】相传生活于秦朝。与李斯同为荀子学生。一生主要从事教育事业，主要弟子有申公、楚元王刘交等。《汉书·儒林传》：浮丘伯战国至东汉初儒家学者，精于治《诗》。据《景宁县志》记载及历代县志序文阐述，浮丘伯携双鹤隐居于鹤溪，为鹤溪文明之有历史记载之始。

鹤　歌

栖豸山之篁兮，啖清溪之虾。
鸣九皋之上兮，倚吾榻之侧。

唐　朝

汤　斌（唐）

【汤斌】景宁汤氏一世祖，后唐时避乱隐居景宁城西，或渔或樵，闲逸逍遥，旧时景宁文庙西庑先儒有其位。

咏渔樵问答

渔樵林下喜相逢，问道生涯两不同。
绿水钓残宁几处，青山砍破好多重。
一竿晚雨寒生碧，满担春风带落红。
共拟前村沽美酒，烧柴煮鲤酌三钟。

汤　新（唐）

【汤新】929-999年，景宁人，汤斌子，字盘铭，仕旌德县尉。

咏渔樵耕牧图

曲江钓得锦鳞归，旋斫生柴带叶炊。
饱饭一犁春雨后，横眠牛背看云飞。

题鲤鱼教子升天图

此种分明实异哉，数年江海任徘徊。
今朝幸喜风雷动，父子龙门跳出来。

宋　朝

秦　观（宋）

【秦观】（1049—1100）字秦少游，一字大虚，号淮海居士，世称秦淮海，江苏高邮人，北宋元丰八年（1085）进士。宋神宗时，任秘书省正字，兼国史院编修官，授宣德郎。因被视为元祐党人，屡遭贬谪。绍圣元年（1094）谪监处州酒机税，几经流徙，最后客死藤州。文才为苏轼所重，与黄庭坚、张耒、晁无咎并称"苏门四学士"。著有《淮海集》。

好事近·梦中作（双调）

春露雨添花，花动一山春色。行到小溪深处，有黄鹂千百。

飞云当面化龙蛇，夭娇转空碧。醉卧古藤阴下，了不知南北。

注：选于《淮海集》。

汤思退（宋）

【汤思退】1117年—1164年，字进之，号湘水，宋绍兴乙丑进士，官历至丞相，封岐国公。据景宁《汤氏宗谱》记载："新公产文崇、文懿、文载、文政四公，懿等诸公后裔俱迁别处，惟予崇公子姓独居斯土。"而查汤氏谱系，汤思退则为文懿公派下七世祖。

咏石僧

云作袈裟方石僧，岩前独立几经春。
有人若问西来意，默默无言总是真。

菩萨蛮·游水月寺

画船横绝湖波练，更上雕鞍穷翠巘。霜橘半垂黄，征衣尽日香。钟声云外听，金界青松映。何处是华山？峰峦杳霭间。

致仕感作调寄西江月

四十九年如梦，八千里路为家。思量骨肉在天涯，暗觉盈盈泪洒。玉殿两朝拜相，金阶七度宣麻。番思世事总如华，枉做一场话靶。

景宁古诗 鹤溪诗路

汤文崇（宋）

【汤文崇】景宁人，汤新子，字从景，举官辞不就，隐居自乐，著述诗文。

游春咏

乘闲随柳步江滨，烟淡云和景物新。
芳草有情迷醉客，好花多艳恋游人。
马蹄行踏供吟缓，莺舌调歌恼听频。
回首东风归路晚，斜阳天外隔红尘。

训勉子侄

少年勿苦太蹉跎，正好沉潜自琢磨。
尽日浴思沂水乐，春风归忆舞雩歌。
诗因梦草情偏幻，笔为生花学始多。
莫道飘蓬长若是，活身谋计更无他。

汤伽赐（宋）

【汤伽赐】祥符年间仕京都留守，辛封忠节侯。

居墓守时作

大将雄才冠世英，恭承皇命镇神京。
风生虎帐旌旗动，日射辕门剑戟明。
帽插金花趋觐早，班联玉笋被恩深。
皇朝此际隆勋重，楼阁应须著今名。

汤 硕（宋）

【汤硕】字国夫，汤思退子，淳熙丁未进士，官拜吏部尚书，进封少师。

致政归遇圣寿望阙拜贺

凌晨古驿静焚香，翘首红云是帝乡。
倍窃欢呼同兽舞，误疑趋走入鹓行。
还家白发逢秋短，恋国丹心共日长。
去岁兹辰西苑里，宫醪频捧御前觞。

汤 垓（宋）

【汤垓】赣州府雩都知县。

舟中即景

风急帆初转，窗开月已临。
炊烟杂野雾，渔火乱江星。
一枕沧浪梦，三杯赤壁吟。
青年便隐逸，谁切庙廊心。

章见知（宋）

题汤夫人

敕木山头结草庐，养亲不惮路崎岖。
行藏阴护青云拥，出没阳看紫陌趋。
显运高宗营建木，灵施邦国泽膏腴。
仙娘伟迹无殊马，千古芳名振太虚。

元　朝

练　鲁（元）

【练鲁】松阳人。

叶氏双节歌

桰城西望千峰隔，玉丘半空山月白。
上有英英两女魂，淡月荒烟照颜色。
将军度关百万兵，鬼妾鬼马相悲鸣。
二女同心死同日，比石之白泉之清。
忠臣列女皆如此，国破家亡身合死。
一死能全千载名，两女贤于天下士。

萨都剌（元）

【萨都剌】（1272—1355），字天锡，号直寿，蒙古族人，生于山西代县。元泰定四年（1327）进士，任镇江路录事司达鲁花赤，擢江南行御史台史，淮西北道等职，晚年居杭州。精通书法，擅长绘画。因才气很高，所以世人称他为雁门才子，有《雁门集》、《天锡词》。

游竹林寺

野人一过竹林寺，无数竹林生白烟。
江左玉龙埋碧草，月明黄鹤下青田。
树衔宿雨藏山鹛，花落春风老杜鹃。
何日来分云半榻，故人不用买山钱。

明　朝

钟夏嵩（明）

【钟夏嵩】号穗坡，广东番禺人。明嘉靖三十二年由举人任景宁知县，博雅工诗，为政识大体，创书院以兴文教，设关隘以奋武功。任职九年，升任六安州同知，官至陕西行太仆寺丞。

豸山书院四古松

擎天苍盖
古木何人植，垂芳始自今。
风声摇四野，月影俯千岑。
势已凌霄汉，阴能庇广林。
少年皆有志，莫负仰高心。

岁寒双清
连理原奇本，贞操阅岁寒。
风霜留翠黛，天地列岏巑。
不染烟霞色，应羞蒲柳残。
雪中清兴在，澄白倚栏看。

霄汉虬龙
览胜岩峣上，天开第一峰。
云埋三月雨，涛响四时风。
银汉飞腾象，春潭变化踪。
谁言盘屈久，不羡大夫封。

梁栋奇材

豸山多异产，何必访徂徕，
留荐朝廊用，那惊岁月催。
风云天上转，雨露日边培。
若有盘桓兴，时登万丈台。

金仙寺壁浮槎

宝塔金仙寺，珠林玉帝京。
蟠木龟蛇穴，诸天日月明。
宿云屯画壁，叠嶂倚雕甍。
夜深僧礼斗，钟磬隔溪声。

鹤溪晚眺

万里长空月，清波漾素辉。
苍茫红蓼岸，潋滟白苹矶。
影入孤城霁，光涵远树微。
一声瑶笛响，仙鹤伴云飞。

钓台烟树

仙人栖隐处，临水石崖嵬。
岸草春先长，溪云画自开。
苍茫廻雁鹜，蔽芾接山隈。
不倦垂纶兴，携壶坐绿苔。

敕峦对雪

敕木高千仞，瑶台半壁天。
壑深埋虎豹，树冻敛云烟。
色映芙蓉嶂，寒封碧玉泉。
凭栏闲引眺，瑞喜兆丰年。

乌铁崖

绝壁真仙宅，连天鸟道巇。
朝霏芳径稳，斜日乱峰奇。
云桂含苍霭，烟萝悇碧滋。
山城疑北固。清影接参差。

石印山

何年开石印，图象自天分。
花护灵光迹，苔封古篆文。
环磨思大雅，巉峭倚高雯。
丛桂森森处，遥看五色云。

莘岭泉

石磴岩峣上，涓流紫翠盘。
润藏云雨泽，澄浸斗牛寒。
瀑雾斜穿阁，飞湍曲绕阑。
洗心宜洞酌，不羡九华丹。

丁一中（明）

【丁一中】江苏丹阳人，喜山乐水，擅长山水诗，曾任青田县令，后调任泉州府任知州，在泉州其间，与抗倭名将戚继光、俞大猷积极配合、筹兵转饷，保护一方安宁，成为闽南名臣。在闽期间，遍游闽南名山古寺，留下不少诗词和石刻。其中，著名景点鼓浪屿上"鼓浪洞天"、"天风海涛"、"日月俱悬"、"与日争光"、"光复台"、"闽海雄风"等石刻尽属他的真迹。

和钟夏嵩之莘岭泉诗

莘岭云际出，灵窦石根盘。
润散千峰雨，光摇六月寒。
澄心依玉甃，豁目俯雕阑。
欲问钟离老，相从此炼丹。

李魁林（明）

汤尖挺秀

万叠层峰接蔚蓝，孤尖高耸白云端。
雨晴变态描难画，图画天然指点看。

潘 琴（明）

【潘琴】1424—1514年，字舜絃，号竹轩，景宁鹤溪人。明正统十二年（1447）荐举入国子监，天顺元年（1457）进士，授南京吏部主事，历任兵部武库职方员外郎、福建兴化知府。居官正身自洁，不避权势，革繁苛，除浮靡，颇多建树。母丧辞职还乡，居家仍手不释卷，文学齿德卓然。家居邻县治，非公事足不至县。晚年精健如少壮，终年90岁。作《招鹤辞》，著《竹轩集》、《山居录咏》等。

石牛山

山前山后绽桃花，长卧芳林照落霞。
万顷有春忘耒耜，四方无米薄禾麻。
云笼峭角横芳草，鸟弄清声度远莎。
赢得秋来金气稳，衔香望月报登科。

黛岭泉

螺黛山前泉水清，照予华发最分明。
问渠尽日云山里，更有何人解濯缨。

叶氏双节

古木含云护竹根，小祠孤立贮英魂。
清风千古犹如昨，无愧苍穹与厚坤。

远求遗事问樵夫，危砦斜阳噪毕逋。
二窦芳名著唐史，古今遗传许同无。

送林政之任推府

郡邑牧民寄，斯职古少全。庶狱有不清，民隐何由宣。
五辟具诚伪，隐见相纠缠。一毫失所向，苦乐分天渊。
缓之则滞事，稍急谬所愆。况乎囹圄中，视日犹视年。
君负颖敏资，霜刃明秋铤。厚禄佐明郡，狱事得所专。
戒暴履清慎，哀矜务无偏。心鉴苟不尘，终能见媸妍。
君子患所立，宣圣昭微言。

金仙寺

少年湖海忆禅关，解组重游鬓已斑。
对竹最宜当户月，登楼尤爱隔溪山。
不探物外烟霞趣，谁识闲中天地宽。
清世已无尘土梦，杖藜宁惮日盘桓。

澄照寺

一出衡门百虑宽，烟霞穿尽到禅关。
松萝虬结攒新翠，栋宇翚飞改旧观。

岚气著人晴似雨，山风醒梦暑犹寒。
小窗独坐清无比，莫怪闲云久恋山。

归朝欢·贺林邑侯

圣皇深泽沾环堵，在宥寰区皆乐土。豹关螭陛九重严，谁人解愬颠崖苦。贤令襟怀古，肯将危语咨当路。更宪臣，深忧民隐，一札龙颜悟。　　天语谆谆清宿蠹，约已惠民宽国赋。深山儿女亦呼欢，快睹青天分毒雾。喜逢廉叔度，襦裤可图新织布。愿君侯，保厘终始，迁秩登朝辅。

鹧鸪天·送林邑侯考绩

篮舆青幰鹤溪滨，何忍匆匆送使君。
满目风光浓似酒，一冬天气暖于春。
书最绩，观皇宸，喜看龙虎际风云。
悬知手把天飘水，还作甘霖泽下民。

凤栖梧·送王主薄致仕

壮年已陟荣华地。骋足康庄，正好收鞯辔 jiāng pèi。未老得闲方有味，夜行休待重门闭。　　江州还在云深际。胜水佳山，仅有徜徉趣。乌帽宫袍行乐处，那时须记今朝语。

踏莎行·送彭邑侯入觐

百里同风，四民安堵。贤候清德时难遇。渭城歌彻立多时，匆匆不遂留行计。　　穆穆清朝，煌煌丹陛。九重久矣闻芳誉。风云庆会沐恩波，黎元还近沾时雨。

归朝欢·贺陈邑侯

玉泉亭上离筵启，飞鹊绕车人似市。骊车唱彻发停骖，玉骢蹴踏香尘起。把酒闲思议，仕路如公能有几？鹤溪头，白叟黄童，恋恋情无已。　　我公清德畴堪比，秋蟾影浸寒潭水。阴霾扫尽变阳和，蔼蔼弦歌闻百里。此去金门里，龙墀敷奏天颜喜。凤池头，留掌经纶，余光还照此。

御街行·送康先生考绩

溪流雨霁澄如练，陈祖席，临芳甸。分携方信别离难，此去几时重见。萍梗浮踪，仕路无定，自觉情难遣。　　先生施教心无倦，经九载，孚群彦。居官尽职此心同，休论崇卑深浅。奏绩龙墀，羽仪鸿渐，朝著芳名远。

忆王孙·送韩主薄致仕（四阕）

暖风香絮柳丝长，忍听骊歌第一章。纷纷冠盖集河梁。重难量，去住踟蹰各尽觞。

留春不住送春回，无数飞花落酒杯。今朝别憾独难裁，共兴怀，怎得侯同春再来。

荣途知足炳几先，驱骋康庄遽释鞭。耆英会里胜神仙。乐无边，命服乌纱尚少年。

绿阴莺语送春声，景物留人最有情。韩侯归去气盈盈。独忘形，醉后长歌和濯缨。

金菊对芙蓉·送戴主薄

霜叶飞红，晴霞韠duǒ锦，风光尽属诗怀。看迢迢征旆pèi，北望天阶。为臣正际升平世，济苍生，方见真才。青郊设帐，笙歌声里，执袂徘徊。　　心胸朴慎无猜。古人心尘俗难谐。功深恩必厚，天自安排。唱彻阳关增别思，致殷勤，共倒金垒。更祝明年，深春时候，奉诏重来。

巫风行

市药不验医无功，里人惑鬼崇巫风。
役卒凭虚逞狂力，自言与鬼阴为敌。
俚言妖语不足闻，鼓角升屋号天阊。
天兵易借鬼易缚，人闻此语谁不乐。
一巫之费胜十医，纵然破产终不疑。
以遇笼遇不知忌，群呼醉逐如儿戏。
一场未足复一场，降鬼再缚仍再降。
偶然不死离枕席，便夸神有回天力。
一际颠危不可回，却称数尽神难为。
遇氓信今不信古，日趋诬诞谁能悟。
吾族素称儒素家，巫风不染恒自夸。
只今滔滔混泾渭，怀古今人心起愧。

纪水灾呈浙参夏正夫

永乐七年岁已丑，水患父老犹能传。

成化癸卯六月水，更高一丈成滔天。

朝来霏微雨初洒，入竿澎湃垂崩泉。

溪流暴涨将丙夜，水已入宅人犹眠。

下屋漂流高屋倒，牵联荡析无留椽。

仓惶窜逃逐浮蚁，骑危攀树如号猿。

岑楼瞥然一芥没，丘阜联息沦洪川。

老弱提携忍相别，一时尽饫饥蛟涎。

存者沿流觅遗胔，号呼动地声相联。

溺妇抱子死不弃，流骸并首餐为鸢。

齐民窘迫苦重赋，更存洊遭饥馑年。

祖孙父子不相保，况有食利濒溪田。

行道咨嗟尽流涕，为问此土民何愆。

败屋支撑灶生草，喝喝胁息如倒悬。

吾乡虽然一幸免，闻灾未免成潸然。

吾皇仁泽覃四海，藩臬守令皆大贤。

推恩保民等赤子，见此宁不深垂怜？

招鹤辞

吾乡旧称沐鹤溪，世传浮丘伯养鹤日浴于溪，故名。仙去鹤亦遂往。余宦游已久，霜色侵鬓，既倦于游，亦可归矣！而鹤乃奋寥廓，薄云汉，久而未归。岂以时不古若而见遗耶？抑以鹤之狗食而忘返耶？慨彼仙踪，惟鹤乃著，爰作招鹤辞三章，异日得遂解组，与一二知己，坐松阴白石上，汲溪泉煮山茗石鼎中，命小童击筑而歌以招之。鹤如有知，当联翩来归，与吾侪徜徉以永年，使清溪之灵不蹙额于樵童牧叟之濯足也。抑闻之上世无仙，仙皆出近世，又安之不有若浮丘者出遗世，驭气为鹤之主人也耶？鹤哉，鹤哉，无患乎古今人不相及也！

好溪流水清无涯，锦鳞戢戢冲紫苔。松花初老芙蓉开，沄沄细浪香扑鳃。虞罗既远无防猜，天门万里高崔巍。日月闪烁金银台，尔翼已倦身已骀。霜衣霞顶多尘埃，毋徒聘尔仙骥才，欲凌倒景窥蓬莱。尔鹤兮，归来！无徒使我怅惘时兴怀！

尔鹤归来兮忽迟，嗟尔一出今几时？故居无秽久勿治，乘轩有辱人共嗤。宠深禄极危所基，尔何翩翩如未知？云达雾海恣远飞，流行坎止当见几。停餐不惜禁脔肥，彼梁有鱼勿朵颐。雁鹜醒饱不若饥，溪水可浴松可依，腰缠不重无我疑。鹤归兮，莫迟！爰止爰止慰我思！

尔鹤归兮毋久留，食力思义为远猷。胡为久淹兰杜州？高举欲篷文鹓俦。物各有分苦外求，琼浆玉饮徒增忧。景升千金称大牛，负重不若羸牸优。涂泽立伏陪仙驹，薄功厚享志莫酬。金笼鹦鹉口起羞，密云不雨惭鸣鸠，尔当量力早自休。鹤归来，毋久留！

代鹤答招

子欲招我归，我归亦良易。朝发丹山巅，暮息清海澨。
我非徇所食，蹴躠因羁系。翱翔清虚表，自觉薄尘世。
子愿宜勿违，恬养天所赉。清乐终可寻，成言莫虚弃。
愿览旧所止，荆榛蔚蒙茸。人心变浇漓，今古尤不同。
权诈尚机巧，眩惑述西东。子能振衰谢，力回太古风。
抽兰牵宿莽，浑朴追鸿濛。吾当摄旧侣，永谢安期翁。
历览九土中，嗫嚅半虚士。未进思勇退，既得弗知耻。
狂言愚世人，识者欲洗耳。子跻宠禄途，回策肯求止。
野服照华发，杖履蹑芳芷。清唳振九皋，诸音誓终始。

陈　讷（明）

【陈讷】字孟素，号讷庵，性清逸，工诗，卫使牛桓尝师之，存之
仕，不就。

敕木山

寻幽直上最高峰，万仞高边一径通。
直可低头看落日，真堪垂手数飞鸿。
蒲塘沉碧涵秋影，石涅生香验岁功。
因过迢递归路晚，芒鞋踏破白云封。

十二景偶成八韵

山水钟灵处，幽奇景足夸。西峦狮踞啸，东嶂凤飞斜。
乾斗张屏丽，午峰卓笔华。双溪襟带合，两涧彩虹跨。
牛岭坛门异，龙潭石印嘉。仙宫腾紫气，梵宇覆青霞。
深巷歌声迥，孤云鹤影遐。结庐庐水上，晤对亦无涯。

潘倧（明）

【潘倧】字德先，号澹斋，又号稚崖，尚为诗文。宏治乙卯贡入太学，两京部考第一，知南直全椒县五载，奉职惟谨，兴学御寇，均税赈饥，膺监司旌励十有三次，升江西都司，经历闽帅大僚，咸加礼重。及宸濠反，倧先以藩司贤，委督大粮入京，完节复任六载，解官归至白溪，资斧断绝，令其子鬻田二亩，得五金以济。殁之日，去全椒任凡十年，而椒人士犹以哀思卷走唁之。所著有《稚崖遗稿》。

敕木山

独跨群峰耸碧霄，望通海岛伏青鳌。
金衔落日阴初出，玉压危岑雪未消。
林雨欲来秋气早，天宫不远桂香绕。
幽寒可避人间暑，清秘神功只自高。

乌铁崖

谁费功夫锻炼成，东扶红日驾沧瀛。
花含云气丹炉热，雨洗苔痕印篆平。
石溜泠穿岑寂境，甲兵难犯古今城。
清秋冷洌风霜面，多少山林虎豹惊。

香山

秀削芙蓉拥翠钿，四时青送到堂前。
浓螺映日开图画，好鸟催春奏管弦。
万古乾坤同不老，百年宾主迭为缘。
佳山偏得幽人意，勾引清风别有天。

潘 援（明）

【潘援】字匡善，号东崖，宏治乙卯举人，貌古行方，受易于兰溪章懋，诗文逼两汉，已臻华境。西蜀李侍御、东村沈睐大嘉奖之。官福建长乐教谕、泉州教授国子监丞，所至士多崇慕。两聘文衡，公明服人。拟升翰林院检讨特旨中书舍人。有持身清慎，莅事精详之褒。自陈休致家居，二十载造就乡耄。尝襄辑邑乘，所著有《东崖集诗》。

鹤溪八景诗

鹤溪春水

沐鹤仙人去不还，沐鹤溪水清且闲。
细柳青青照晴址，落花点点浮沧澜。
我来访古寻仙趾，逝者如斯契深理。
振衣吟啸过芳洲，经阴白鹭惊飞起。

莘岭寒泉

乾坤大化开灵泉，石根迸出蛟龙涎。
一泓澄澈净无滓，湛如明镜涵空天。
一阳正性初未灭，试尝一勺清肌骨。
何当用汲求王明，甘泽尽苏天下渴。

石印呈祥

何年天星坠林口，化为石印形如斗。
藓纹苔篆由天钟，雾锁云封仗神守。
乾坤清气储休祥，兆叶令尹多贤良。
只今民牧有召杜，喜看此石生辉光。

卓峰拱秀

孤峰亭亭涌寒玉，露花凝香瑶草绿。
夕阳掩映光有无，五色芙蓉荡寥廓。
浮岚不散春暝濛，武夷雁荡将无同。
更喜钟灵有银谷，精缠宝气如长虹。

鸦顶晴云

鸦峰削出青芙蓉，摩空万丈如飞龙。
上有晴云自天下，倚崖傍树时相从。
晓来高叠连山起，映日曈昽散文绮。
画阑时向醉中看，疑是香飞翠屏里。

敕峦霁雪

同云黯黯风怒吼，六花片片飞寒瑶。
忽觉青山改原色，玉屏万丈摩天高。
夕阳漏影光皎洁，宝树奇葩尽清绝。
我来策杖寻梅花，恍若身登广寒阙。

牛峤朝岚

危墩奔突临碧湾，亭亭屹立烟霞间。
奇树春深翠阴密，钓台迹古浮云闲。
大化融融气清淑，掩映浮岚侵晴旭。
有时黄鹤忽飞来，金衣点破苍苔绿。

铁崖夕照

壮哉危崖露天表，春草不生秋藓老。
金鸦衔火落西峰，犹挂余晖在林杪。
霞光遥映高苍苍，众山罗列皆下方。
安得乘风上绝顶，直凌倒影观扶桑。

留鹤歌

鹤溪溪上浮丘翁，日日沐鹤溪水中。
自从翁去鹤亦去，苍崖白石遗仙踪。
鹤山老人有仙骨，浩歌招鹤来相从。
盘旋啄息旧溪上，岂复恋彼辽海东。
嗟哉老人忽仙去，此鹤怅怅将谁同。
我遊南北力已倦，思脱尘纲追高风。
几回飞梦绕蓬岛，几欲问道趋崆峒。
筑亭溪上留鹤住，誓共尔鹤巢云松。
栝苍山高暮烟紫，石门洞古朝霞红。
鹤兮鹤兮我与尔，期与天地同终穷。

送邑侯陈公升任南台

柱史星芒夜吐光，赤墀新拜荐冠郎。
试将花县三春雨，变作兰台六月霜。
彼佞怕逢尧屈轶，吾民犹爱召甘棠。
胸中数有天人策，驿骑频看进皂囊。

送邑侯胡公入觐还任

龙墀朝散即离筵，老鹤焦琴共一船。
高致未蒙优诏许，清名多有远人传。
春风柳色三吴路，晓日花香二月天。
他日玉堂循史传，肯教卓鲁独称贤。

玉楼春·送卡住邑侯

西风江上芙蓉老。驿路晴光净如扫。我侯秣马向长安，卧辙攀辕人拥道。　　三载甘棠春浩浩。景宁从此风光好。五云深处奏成功，会见天官书上考。

一剪梅·送瞿邑侯

红旗画鼓送行旌。人出长亭，马出长亭。三年善政叶民情。水一般清，玉一般清。　　双凫高举入神京。近也知名，远也知名。九重阳赍奖贤能。期沐恩荣，定沐恩荣。

西江月·贺高二尹奖劝

昼静花围锦座，夜良月春满台。庭前松树阁前梅，尽是甘棠遗爱。　　身有千般公事，心无半点尘埃。喜看一檄远飞来，知是薇垣奖赉。

谒金门·赠王主薄

薰风起，绿绉鹤溪烟水。处处笙歌明月里，官清民自喜。仁泽沾濡百里，欲数应难屈指。灿灿庭前槐与李，堪与甘棠比。

陈严之（明）

【陈严之】字泰仲，号笔山，福建闽县人，隆庆二年进士，五年任景宁县令，律巳言而莅政宽，招集流亡，清亩丈田，纂修邑志，严禁火葬，后升大理寺左评事。

丈田山行

肩与百折度层峦，猎猎霜风刮面寒。

思拯困穷康庶事，敢辞辛苦历千般。

蓬蒿目极愁何限，鸡犬声稀寝未安。

欲作画图排紫闼，几回投箸咽难餐。

王　华（明）

【王华】佥事。

澄照寺

朔风肃寒威，草木半摧落。喜见松柏青，山林未箫索。

遂为郊原游，停舆登禅阁。禅居断俗纷，幽闲有真乐。

鸣泉振玉声，群峦拥屏幕。炉香浮画氲，清茗薄燕酌。

野目盼征云，凭轩看巢鹤。少憩觉心怡，百虑俱忘却。

顾余縻禄人，此心良自怍。何如鹤溪翁，高志凌霄廓。

汤尖挺秀

万叠层峯接蔚蓝，孤尖高耸白云端。
雨晴变态描难画，图画天然指点看。

皇甫汸（明）

【皇甫汸】（1498—1583），字子循，号百泉，长州（今江苏苏州）人。明嘉靖进士，明嘉靖八年同知处州府。政余喜吟咏，尤工书法。著有《百泉子绪论》、《皇甫司勋集》等。

浣纱女

谢公永嘉守，在郡窅无为。墩赏值令弟，华萼每相携。
跻险既山顿，穷源亦水嬉。溪名沐鹤是，人睹游龙非。
驾言辍棹际，并影浣纱时。凌波粲秀色，拾翠邈芳仪。
援琴挑未就，解佩赠犹疑。高唐侈宋玉，洛浦怅陈思。
仁车但唇动，缔心空自驰。来同谢风止，去作飘云喉。
停声三妇艳，铜响二郎回。

清　朝

张九华（清）

【张九华】字莲州，号雨村，直隶新安人，原籍福建永定。乾隆乙卯年举人，任景宁县令，简重廉明，善持大体，励精勤政，重修县治，创办指南书院，删定郡志，可谓百废俱举。

鹤溪八景诗

鹤溪春水

不见前溪沐鹤频，绿波一夜又逢春。

水分堤外千陆足，山写桥头两桁匀。

把钓至今傅大隐，浣纱何处问奇因。

茫茫旧话溪流逝，无那东风岸柳新。

石印呈祥

一卷如削矗高岗，圭角天然石印方。

百里分符临斗曜，孤峰毓秀逼琴堂。

荣舒蔓带疑拖绶，斑驳苔纹似镂章。

发拽英灵原有在，底须鹊化羡奇祥。

牛峤朝岚

九十特中见一头，每依岗气晓天浮。

岩岩未许流云断，湿湿才经细雨收。

望里峰岚相隐约，游来簑笠自夷犹。

摩肱我欲登高顶，枯木斜阳俯碧流。

鸦顶晴云

单椒跱碧见坞鬟，擘絮晴云几度还。
宿雨全销初出岫，晨晖半掩自依山。
时将余霭征鸿杳，任兴残霞野鹜间。
为问谢公诗句好，可能旧取一灯攀。

莘岭寒泉

洞天门内锁双峦，中有丁冷玉液湍。
岩脉流膏香淡淡，石花迸乳韵姗姗。
露华沁齿三秋冷，雪味浇脾六月寒。
一勺可人怜益爽，碧粘格是蕊刚丹。

铁岩夕照

海天万里落高舂，返照悬崖第几重。
讵有乌金成鼓铸，谁将黝石就陶镕。
凌风欲扣铮铮响，翻壁还留淡淡容。
无限山光凝暮紫，又衔明月到中峰。

指南书院落成

鹅湖鹿洞溯前贤，苍雅咸通志在坚。
华国文章方寿世，少年科第似登仙。
诸生从此勤三策，都讲由来重一编。
指以南车知迈往，元公缔造悟真诠。

郊外劝农

布谷飞鸣日正迟，青犁黛耜聚东菑。
尔民安堵轻徭赋，莫负田功种艺时。
芳畦如罫映朝暾，涧草溪苔长绿痕。
五日东风十日雨，省耕来过杏花村。

景宁古诗

鹤溪诗路

夏雨后作

风云斗会合，霂雨已四境。

池荷喧寂间，雨息风亦静。

幽壑卧残云，高栏落斜影。

飘然御绤衣，衙斋昼正永。

杨中台（清）

【杨中台】字柳楼，黄岩人，廪贡，同治七年任景宁教谕。

鹤溪八景诗

鹤溪春水

仙人沐鹤倚溪滨，鹤去溪留水又春。

孤影掠舟空入梦，乱砂翻浪细吹尘。

桃花雨扑垂纶客，杨柳烟迷唤渡人。

明月小桥拄杖立，泉流何处不潾潾。

莘岭寒泉

躬耕莘野慕商贤，赐以嘉名岭并传。

石磴泻洪来活水，岩凹澄碧涌寒泉。

冷风吹面临幽壑，细雨打头憩洞天。

唤醒奚奴烹玉茗，高歌叩卸亦泠然。

石印呈奇

一卷奇石对琴堂，圭角天然似印方。

云矗笔峰同挺秀，峦横敕木共迎祥。

绿梦虬结疑拖绶，紫藓虫纹胜篆章。

地杰必灵操券得，何须鹊化羡高翔。

鸦顶晴云

双管簪花香露浓，举头忽化碧芙蓉。

掞天掷地如椽笔，鹤翥鹓翔作柱峰。

万丈摩空高插汉，千岩竞秀各藏锋。

桂宫望共梯云上，笑拍洪厓策短筇。

卓峰拱秀

巉岩黝黑似寒鸦，晓起看云古木遮。

岭上絮披犹叠叠，林间声出竟哑哑。

烟开野寺颓垣露，雨过山花瘦影斜。

我欲问天登绝顶，苍茫搔首对晴霞。

敕峦霁雪

千寻敕木耸峥嵘，雪满前宵喜乍晴。

高下峰峦无异色，崎岖径路尽填平。

遥看珠树眼犹眩，静对玉屏心自清。

冒冷探梅花莫笑，诗敲驴背有同情。

牛峤朝峦

崭然头角本天生，此峤云林画不成。

岚气逼人晴欲滴，山风吹梦醒犹清。

朝烟未散迷蓑笠，宿雨初收趁耦耕。

携得汉书来挂角，松阴读罢自闲行。

铁岩夕照

铁壁重重锁峭岩，衔山落日照茆檐。

松间担压樵归坞，竹外棋消客卷帘。

闪闪光从鸦背炼，铮铮响杂鸭头添。

停车最爱秋林晚，红叶随风点雪髯。

天马山

山形似马本天生，逐电追云空际行。
雨后香山青不断，锦鞍花蹴四蹄轻。

石柱山

烟云三面矗奇礓，制似淮山一品良。
未遇南宫谁下拜，苔痕剥落卧斜阳。

石狮山

天然一幅伏狮图，石齿峰牙不用摹。
试向月明蹲处望，风来虎豹亦惊呼。

赠邢印中明府

万山环抱陡无城，堂下溪流洗耳清。
毕竟桃源风自古，茅檐共谱太平声。

绿满堂屏草莫除，垂帘镇日好观书。
此间作宰非无福，循吏名儒两不虚。

地瘠民贫吏亦闲，囹圄空设不须关。
汴梁亲友如相问，一鹤一琴山水间。

记得前侯亦姓邢，名留翰墨仰遗型。
他时若筑思贤馆，定让君家列二亭。

和周桂园明府调帘留别原韵

久将富贵等云浮，老未悬车叹梦周。
僻邑飞凫人共惜，寒瓐扪虱我何求。
调帘此际莺迁木，揽搎前番鹤算筹。
难得桃源风自古，山多吏少讼庭幽。

琴室优游不计年，清风两袖少腰缠。
鸦峰小试栽花日，鹜岭重逢折桂天。
早有锦囊收妙句，断无珊纲失英贤。
况兼神目光如电，次第谁瞒后与先。

杏苑蜚声到处知，外膺民社正相宜。
欣无案牍花扶醉，喜有弦歌鸟和诗。
泽及重泉怜旧谊，荫留古渡寄遐思。
六千赋税征何易，不事蒲鞭尽所司。

读书镇日好垂帘，醇吏醇儒共仰瞻。
忽听骊歌难聚久，每寻鸿迹更愁添。
三生遇合皆前定，一片冰壶莫避嫌。
只愿泥金多报捷，祥呈蓉镜不须占。

张 琢（清）

【张琢】字良工，号约齐，江南含山人，康熙四十五年任景宁县令。有才干，恤民祀士，尝详宪禁，革夫役并典妻恶习，兴文庙，建桥梁，纂邑乘，善绩颇多。

洞天门

雄关西峙壮名邦，楼阁巍峨俯大荒。
一洞天开为锁钥，群山地涌作金汤。
人家历落村烟起，殿角参差树影藏。
宛似秦城关百二，弃缧豪兴觉飞扬。

石印

一官碌碌系天涯，事简庭闲早放衙。
惟有秋山一片石，年年相对夕阳斜。

金锡庵

夹岸溪流傍钓台，群山四面若屏开。
离城此地饶幽静，吏逸何妨曳杖来。

周　杰（清）

【周杰】字桂园，灵川人，进士，同治七年冬任景宁县令，任二年调帘官，同治九年冬复任景宁县令。两度主修《景宁县志》。

庚午调帘留别鹤溪同寅

此身宦海任沉浮，作宰山城岁两周。
案牍无多堪自适，利名都淡又何求。
窎乡坐守能同苦，善地迁移敢预筹。
出谷有莺伐木咏，难忘山静景清幽。

羁迹鸦峰近二年，且欣俗务少纠缠。
庸才不胜繁难邑，福地得游小洞天。
救弊自惭无妙术，和衷且赖有高贤。
幸逢圣世抡才日，一纸帘单得报先。

同城两载订心知，月下花前玩赏宜。
官冷自堪盟素志，情投时或赠新诗。
鹤溪胜景常留迹，雅岭高风并系思。
行李一肩驰赴省，帘官内外职分司。

扬鞭就道为分帘，回首同舟几顾瞻。
话别慷情难尽述，临行离结倍增添。
每怀旧好弥生慕，不见诸生为远嫌。
故友相期重聚首，再来能否问龟占。

九日重至惠明寺登高

八景曾夸县志传，余怀犹独爱南泉。
去年韵事犹如昨，今日豪情倍胜前。
旧地重游非偶也，故人回忆更怆然。
兴来直欲登峰顶，四顾晴空象万千。

览胜仍多故主宾，新添同伴即同寅。
偕来意冠知行乐，悟到天渊欲入神。
借酒抒怀无俗客，逢僧话旧亦幽人。
登高两次临斯地，更结将来未了因。

叶夏氏节孝四首

千古惟崇节孝名，圣朝旷典兴荣旌。
何人克守霜闺寂，几辈能全媭妇贞。
备历酸辛归众论，久尝艰苦协公评。
我来作宰留心采，示肯随同附和声。

藉藉贤名出妇流，德全贞静性温柔。
六旬寿届归仙促，卅五年来励节遒。
早膳承欢伸奉养，秋灯课读善贻谋。
始知母教传非偶，孙子绵延世泽留。

白首完贞已说贤，况兼慈孝亦能全。
芳型虽远芳称在，素志不渝素守坚。
众口推来闻曲巷，幽光发处慰重泉。
上游已入题旌牒，自有纶音特地宣。

拟修邑乘适当时，采访穷陬罔有遗。

但著贞操皆不朽，能传孝行即为奇。

微音久动乡闾感，懿迹宜凭纪载垂。

妇德若斯殊未易，阐扬略为抒芜辞。

周　镐（清）

景宁古诗

鹤溪诗路

【周镐】字怀西，江苏金匮人，举人，嘉庆二年任景宁县丞，勤抚宇，绝苞苴，治狱明信，不论在署在乡，手批立判，案无留牍，有贫乏积逋者，布衣履，亲诣其家，善为劝导，民亦课输恐。后先任瑞安、鄞县，具有政声。调任景邑，父老攀辕，依依不舍。作我将去之题，文情见乎词。莅治一年，以滇铜之役，奉调晋省，士民惊赅，奔走武林，联名具状乞嗣闲，得请终养，乃还卸篆，话别赋醉后吟劝耕勖学，辞意缠绵，真贤宰也。有《情话轩狭山文稿》行于世。

醉后吟即以留别鹤溪诸士民并序

予莅景一期，以滇铜之役，奉调晋省，士民不知也，继询得，实大骇，徒步千里，联名其状，乞留余。恐滋羁庚，固止之。依依于钱塘门外者，十有二日，闻余得请终养，乃还。既余回县交代，士民咸来问劳，临别设饯于明伦堂。予何堪此耶。酒后赋数言，以代持赠，是予一年中念兹未释之苦，浅鄙而弃之。

堂前一樽酒，堂下万堂心。此意颇不薄，欲报无黄金。

为君倾一盏，倚醉成苦吟。东邻种稻粱，秋至羡粒米。

西邻种黄稗，岁暮泣糠粃。岂翳时命乖，感应固如此。

是以积善家，终无吃亏理。七十六州县，景邑最瘠贫。

世无医穷药，不死勤俭人。天有好生德，不活游惰民。

但使守恒业，何须怨乡邻。官法如洪炉，顽铁亦能化。

投之失所宜，膏血变燔炙。我为听讼官，无事亦惊怕。

矧在蚩蚩氓，何可习浇诈。吴越号文薮，甲第凌云烟。

我邑独憔悴，讵谓地气偏。不能儿卿相，还可希圣贤。

读书识忠孝，胜似鱼虫笺。我去不足惜，我来亦何补？

同盘食荼荠，略已共甘苦。山林十万家，安得聚鼙鼓。

诸君众所推，为我告编户。苦吟不能长，掷笔泪如雨。

李应机（清）

【李应机】字神若，号嶅山，福建泰宁人，进士，雍正九年任景宁县今，政尚宽和，十年岁祲，尝捐俸买谷设厂施粥，全活甚众，邑志建桥梁，治道途，民甚便之。

捐俸修甃城东张村行途工竣

巉崖无过栝苍山，崎岖最是景邑路。

纵无泞泥怯征夫，那堪阳侯复耗斁。

昨岁癸丑之六月，未接青黄正待雨。

溪流暴涨三日淫，冲桥漂水恣厥怒。

晨兴小涧泛洪波，断崖跻攀行者苦。

我乘水潦勘摧颓，半舍程途日垂暮。

遄归亟割我萧囊，酌费鸠工力筹补。

坦移旧迹磊石隄，阻则就山关径渡。

工成共卜介石贞，夕返朝往咸无怖。

时剪荆榛乐荡平，感召休徵神永护。

汪士璜（清）

【汪士璜】号特亭，安徽歙县人，由训导擢用，初署宣平，雍正六年改授景宁，捐建鹤溪讲堂，延名师，盛修脯，留心课士，收埋遗骨，买置义塚一十九处，拓修岚头岭大路五十里，重建莘岭路廊，设茶济渴，革除弊俗。

过青草岭并序

　　自庆返至青草岭脚，日已暮矣。山径险窄，夫役困惫不能前。忽睹村民十余人踊跃而来。询之，则后溪百姓也。争代舆夫劳，燃火炬以照归路。因思莅景一载，恩泽未孚，而离县二百里远之民爱戴如此，岂事上之诚出于天性然。赋此以纪其事，志喜亦以志愧也。

入境还差十里长，纷纷赤子进壶浆。
问渠到此迎何远，为我归来喜欲狂。
争曳竹兜穿鸟道，多燃松亮照羊肠。
视予犹父羞难称，及早应栽召伯棠。

郊行口占

衙斋无事日萧萧，小队遊行破寂寥。
喜见重檐都纳稼，欣看稚子总能樵。
白云深处寻僧寺，红叶堆中度石桥。
秋思满天收拾尽，归来何处更牢骚。

陈元颖（清）

【陈元颖】号莲斋，秀水人，岁贡，乾隆十六年任景宁训导，辞藻敏赡，兼工篆草八分，著有《碧云楼诗草》。

苞凤山

环山列似锦罘罳，苞凤山蟠右石狮。
雷吼三春惊浪碧，狮应起舞凤鸣歧。

鸦峰

立雪门墙文战鏖，鸦峰面处讲堂高。
拟将一段烟览色，都付文澜作巨涛。

笔架山

笔架山高对笔峰，文星光映照重重。
笔花缭绕春三月，墨浪腾挪万脉龙。

石乳洞

汤仙遗趾著山巅，滴乳峰头雨泽绵。
睡起庵僧天欲晓，雪花端合兆丰年。

惠泉山

缥缈峰头朔雪寒，天然石室色琅玕。
烟霞晓起铺如海，曾向崖头试一看。

乌铁崖

雨洗青山黯黯中，岩间铁石黑如骢。
天工只恐乌头暗，夕照飞来转眼红。

避难争投岩洞前，洞岩深处透油田。
自从魈鬼驱除后，多少行人此借眠。

惠明寺

惠明山寺入咸通，疏竹寒蝉定后钟。
淡淡僧房杨柳月，一龛斜对敬山宫。

惠明寺栖真庵

绀壁青岑树色浓，坡陀路转入深松。
老僧指点闲携杖，爱说南泉第一峰。

玉泉诗

鹫岭曾闻有玉泉，玉泉此地又涓涓。
玉台泉水泉如玉，泉更清清玉更鲜。

元坛鞘马街

元坛庙里赖神歆，伏虎降魔害不侵。
可惜当年胡义士，空留鞘马在街心。

睡仙桥

睡仙桥上睡仙眠，桥下溪流断复连。

只恐睡仙睡未稳，挥蚊遗事至今传。

钱　镐（清）

【钱镐】海宁州人。

陈烈女歌

人生大义在贞烈，岂论须眉与容悦。

世风日下正气衰，士也往往多失节。

但知屈意苟偷生，孰肯铮铮颈溅血。

景邑僻处万山中，弱质何由端礼说。

讵知陈氏好门楣，姊妹双双尹邢埒。

一朝避乱入深林，仄路相扶遇蛮孽。

连呼阿姊共投崖，姊尚徘徊意未决。

奋身不惜万丈崖，宁遭玉碎无遭涅。

尸浮三日面如生，楚楚衣裳犹百结。

惜哉世无范史笔，三十年来未阐决。

当今天子重名义，采风四出扬清洁。

我诗潦倒无足传，载笔赖有河阳哲。

始知巾帼胜丈夫，鸿毛泰山当自决。

此崖沧桑或变更，女名万古应不灭。

郑兰谷（清）

【郑兰谷】字在宜，号主一，临安人，康熙壬子年拔贡，二十八年景宁教谕，载诗字，课士之暇，以山水为乐，建文昌阁，谨祀事，增胙典，满升陕西凤县宰。

浮丘伯钓台

前溪不见鹤飞来，片石垂竿尚有台。
古树拂云千载幻，野花迎客一时开。
只今渭水成烟涨，况复严陵尽草莱。
独羡浮丘辟谷去，仙风长共月徘徊。

王萱龄（清）

【王萱龄】字北堂，昌平人。道光元年副贡，旋举孝廉方正。官新安、柏乡两县教谕。从王引之学，精训诂。有《周秦名字解诂补》。

同友人游金仙寺

栖托层峦阴，暝烟障流景。终晨坐兀兀，忽度炎天永。
桂香清院落，修篁弄清影。雅兴及同趣，步履控幽静。
嘉禾悦岁稔，石磴戒趋猛。陡然异境开，古刹映崇岭。
老树盘虬龙，苔藓汲藻井。到门礼金仙，可能发深省。
廿年碍世罗，趋营违素秉。非隐亦非仕，出入抱虚警。
回首故乡云，壮怀靡所聘。秋风空中来，顿觉尘虑屏。
膜拜谢金仙，此意约略领。归来卧空林，表灯照耿耿。

清修寺

我读太学中，绿槐映讲筵。我从关里游，老桧森参天。

抚此贤圣迹，矩获犹在前。无端栝苍道，万岭亘绵绵。

师资则已矣，小憩爱林泉。披图阅清修，胜游足盘旋。

松雪尽不朽，东山迹焉存。惟见一古柏，毵护不计年。

狐狸穴其根，云霞泫其颠。蛟龙暴怒起，拏空枝边鬈。

宛如方位士，俗态刊便娟。又如百岁翁，齿龄头顶宣。

我才愧薄植，长赋不遇篇。对此轮囷质，自失乃爽然。

不为不知感，不受知者怜。千年劲挺姿，终老层峦巅。

郑　耿（清）

【郑耿】临安人。

浮丘伯钓台

高风迹寄古浮丘，谁续丝纶下钓钩。

双鹤已随康乐去，一竿不让子陵投。

芙蓉滩畔鸥闲立，桂子台前树欲秋。

长啸浑忘杯在手，重游应见月当头。

坐饮望鹤桥

山人野鹤何年放，把盏凭桥不见归。

涧水潺潺声似唳，岭云片片势如飞。

数株松里巢痕旧，一径庭空雏迹稀。

树古老僧占岁月，醉眸凝处送残晖。

寄怀朱瞻三明俯

邑宰名流西蜀贤，未因山水识荆先。

紫阳再世斯文幸，苏子重临雅化传。

两袖清风留石印，一轮明月照金仙。

翱翔瀫鹅寻溪鹤，天马高嘶待着鞭。

金仙寺

寺号金仙别一天，偶随鹤步出溪前。

鼓钟风送楼台耸，日月光侵塔影悬。

古柏巍巍千载翠，虬松寂寂万年禅。

金身丈六开生面，指点芙蓉彼岸妍。

郁　广（清）

【郁广】字远心，号厚庵，嘉善人。康熙壬子年拔贡，三十八年任景宁教谕，性安恬淡，学有渊源，重修文庙邑乘胥有力焉。以子为盱眙县宰迎养致仕去。

浮丘伯钓台

旧藓苍苔半壁残，浮丘曾说此投竿。

鹤归仙去寻无迹，云散潭枯剩有滩。

松叶乱侵樵径滑，梅花瘦落钓矶寒。

我来不为嘲溪女，莫作当年康乐看。

谒庙后示诸文学

俎豆衣冠肃，宫墙识俊英。
甄陶功愧薄，勤苦业方精。
春草鸿文丽，秋风骥足轻。
愿言偕努力，云汉早飞鸣。

张　洲（清）

【张洲】安徽含山人。

碧苔庵

一径杳然深，白云亭幽谷。
藤花蔓林杪，孤烟散苍麓。
迴涧一何清，危亭下飞瀑。
松风卷秋涛，芳草群麋鹿。
想见沐鹤人，高踪不可续。

陈　炜（清）

碧苔庵

石壁丛花树，泉声隐薜萝。
萧然尘俗远，但觉白云多。

陈 惇（清）

鹤溪棹歌

秃柳丹枫雨外村，布帆湿湿落黄昏。
长风忽扫群峰出，添得枝头月一痕。

西风遥趁碧波凉，极目烟堤川路长。
几簇渔家芦荻外，沙头晒网背斜阳。

收住蒲扇卧月明，水光山色不胜情。
无端江梦忽惊破，滩濑挟风来远声。

严用光（清）

【严用光】1826—1909年，字国华，号月舫，景宁小佐人。清道光己
酉拔贡，候选教谕。后两次入京会考未及第，于是寄情山水，写下大量诗
稿。晚年受聘回归故里，主持雅峰书院，总纂《景宁县志》。著《述古斋
古今体诗》八卷、《诒古堂诗稿》二卷。

石印歌和吴少亭司训

鹤渚群山高峨峨，桂山横亘俯清波。
有石一拳方而古，天然卓立山之坡。
石印名字耳久熟，挈伴登山欣寓目。
好古缅怀令尹贤，篆刻模糊难卒读。
苔痕斑驳薜纹苍，坐镇名山阅星霜。
品题一经价十倍，居然顽石亦生光。
我抚此石三叹息，不生名邦降僻域。

云蒸霞蔚年复年，管领洞天谁赏识。

搜奇索异逢米颠，呼兄肃拜空流连。

封侯拜相寻常事，置身合在玉堂前。

石闻我语辍然起，君请静听谈妙理。

荣华转瞬如浮云，累累若若何足恃！

山头石瓮本天成，家家春酿满越城。

骚客游人到今说，唯石能标万古名。

异人崛起在浙右，铁券金书今何有！

长留石镜照人间，直与天地同悠久。

可知人杰地效灵，石兮石兮垂芳馨。

天荒地老印生长，细视篆镂拟模型。

清明登米崖最高顶诗

宿雨收残夜，朝阳开向晓。清明天气美，寒食初过了。

相约踏青游，童冠情不少。言经雪花岭，米崖耸云表。

步步引入胜，山花共山鸟。先期修展谒，祖墓奠花醑。

礼毕薄言旋，前途日尚早。高峰瞻在目，余情恣幽讨。

况得同怀侣，登临惬素抱。抠衣蹑山麓，披榛寻古道。

茫茫荆棘中，径路深而窈。攀萝拾级上，陟险凌峰嶂。

崖畔有佳泉，玉液分琼岛。阶基罗积石，庵宇委荒草。

不知创何代，余迹今难考。兄说骄阳虐，居人来祀祷。

愿苏禾苗枯，甘霖乞苍昊。地拟舞雩胜，时逢风日好。

遂登最高顶，俯视众山小，游云还远岫，飞鸟度天杪。

平畴绣交错，村墟烟缭绕。南北多墓田，今节纷祭扫。

爆竹声相续，虚空振缥缈。清游殊未已，夕阳挂林标。

还访下山路，石磴è半倾倒。咏归吾有志，狂士襟怀浩。

莫负山林约，新诗行脱稿。何时乘风去，高吟入青杳。

惠明寺茶歌

敕木峰高插苍旻，　南泉列岫排嶙峋，
古柏老松何足数，　山中茶叶殊超伦。
神僧种子忘年代，　灵根妙蕴先天春。
栖真庵接惠明寺，　脂柯肉叶无丝尘。
滋云蓄雾灌泉液，　嫩芽初出含清真。
寒食清明都过了，　采焙谷雨趁芳辰。
雀舌龙团分次第，　纸封瓶贮标题新。
寺里老僧偏解事，　新茗向我笑言亲；
呼僮官井汲泉煮，　石乳清冷浮圆匀。
旗枪一一相排列，　满瓯色味良精醇。
我闻陆羽著茶经，　苦荈香茗多良因；
四十三品别高下，　千秋俎豆祀茶神；
洛阳卢仝最相识，　饮过七碗无逡巡。
二公不到南泉地，　坐令异卉嗟沉沦。
又闻武夷多佳品，　年年纳贡旧章循；
入京马上争矜贵，　黄封红裹呈枫宸。
浙江自昔产佳茗，　天台天目若比邻；
龙井雁湖俱清绝，　往往茶事谈纷纶。
此山僻在东南奥，　抱奇孕美无由伸；
仙人株生灵异石，　欲传韵事难其人。
我作此歌示山衲，　辞冗语拙空铺陈。
茶兮莫嫌知己少，　灵茅秀液今沾唇，
会须品题到仙客，　玉堂清宴娱嘉宾。
我且与茶坚久约，　名山空谷藏奇珍。

五〇

题柳伯憩选拔深山读书小照

熊丸先泽著，名振河东族。君起绍家学，鲤庭博式谷。
弱冠弄柔翰，天资本清淑。寻登拔萃科，有志着鞭速。
走马上长安，襟期殊碌碌。书懒公卿投，交羞势利逐。
翩然返故乡，崖栖傍林麓。茅屋两三间，左右荫修竹。
庭际瞰乔林，檐前挂飞瀑。小桥横约略，清流竞洄洑。
春锄三鹭鸶，时向波中宿。呼童汲石泉，茗香煮初熟。
一瓯浮轻乳，籍以消尘黩。蒲编手自携，古拓纷卷轴。
君貌自清癯，君神何渊穆。轩冕弃不屑，章逢遂初服。
鸡黍逮亲存，楹书课儿读。名山石室藏，地拟姆嬛福。
写图日展玩，素志惬幽独。悠然太古心，长啸倚空谷。

题端木叔总同年石门山房遗集

诗风首列三百篇，累朝著俪纷推选。
谪仙已去少陵没，流风歇绝几千年。
栝苍僻处东南奥，青田诗学犹相延。
文成公是人中杰，词章勋业同敷宣。
天生名世无与匹，郁离篇什开其先。
香岩太守才华擅，摛葩撷藻骋清妍。
太鹤山人文章富，千言下笔兴飞骞。
混元山色石门瀑，题诗往往为流连。
少鹤天机亦静妙，善承家学追前贤。
定香亭上续前赋，挥毫泼墨裁云笺。
超宗凤毛洵有自，哲匠品题非偶然。
骥子一朝逢伯乐，骎骎欲渡骅骝前。
寻掇巍科膺选拔，金门待诏近瞻天。

忆昔京华同聚首，少年才调何翩翩。
尊酒论文交谊洽，临岐赠句离怀牵。
屈指同岑满都会，感君知己情缠绵。
别来岁月堂堂去，棘闱邂逅秋月圆。
世界沧桑一弹指，人生聚散如云烟。
婿乡岂恋岘山乐，移居且欲归南田。
新诗一卷忽遗我，璀璨满眼珠玑联。
妙绪灵机洗尘俗，清词丽句斗芳鲜。
联吟况复得佳偶，玉台唱和真良缘。
我思和韵寄同志，其奈腹笥非便便。
修文忽传天上诏，骑鲸趁赴蓬莱边。
检读遗编深太息，故人不见泪如泉。
伯牙琴为子期碎，微之集付香册传。
古人生死交情见，此风已邈心悬悬。
传经喜复有令子，明德之后理非愆。
试看乾乙峰前守易蒙，千秋有鹤长高眠。

采茶词

女儿颜色美如花，小队坠筠去采茶。
差喜今年春雨足，头网八饼味清嘉。

汤尖耸秀

山排金字拱村前，上有厅峰直耸天。
螺髻平分青嶂合，笔尖高与白云连。
四时变幻浮岚外，万仞孤擎落照边。
策杖曾须凌绝顶，若溪几点起炊烟。

面宇奇峰立，层层列似屏。

山高尖耸翠，地迥顶浮青。

雾宿岩边树，云归岭上亭。

开窗凝眺外，画意满疏棂。

灵岩宫

偶假登临慰寂寥，仙宫突兀矗山腰。

方岩胜境差相似，松梵名区应共超。

礼门人来蓬径近，穿云鸟度玉峰遥。

新年爆竹声喧处，响答千崖透碧霄。

浮青阁

杰阁营成非一年，三层缥缈欲浮天。

窗开晚送松风爽，帘卷霄延桂月圆。

修竹千竿穿户外，垂杨几树傍檐前。

纳凉长夏忘炎热，便觉逍遥似散仙。

柳光华（清）

碧苔庵

不知幽绝处，宛有梵寮开。岭暗松阴合，桥喧涧溜洄。

科青分密筱，破碧踏层苔。桂露盈钟阁，花香满石台。

客寻红叶路，僧在白云隈。戒定灯悬月，声闻鼓震雷。

尘机今暂脱，慧性旧无猜。妙谛吾谁印，只应望鹤来。

陈元颖（清）

碧苔庵

望鹤桥头路，僧栖半白云。

松关开别是，苔径俗全分。

古树含空翠，新蝉静昼闻。

更疑蟾窟近，高阁揽秋分。

顾之玑（清）

【顾之玑】钱塘人，岁贡，清康熙四十一年任景宁训导。

沐鹤溪

千山碧翠一溪萦，不产蛟龙产鹤龄。

破鼓还来翔碛岸，乘轩不顾到沙汀。

沿波微润丹砂顶，立石闲梳白玉翎。

莫问华亭秋夜泪，且随流水振清声。

李 鑌（清）

【李鑌】号西亭，湖广汉川人，康熙辛未进士，三十七年任景宁县令，工诗文，爽直仁断，恤民好士，有长者风，丁外艰去，行李肃然，民为立"去思碑"。

鹤溪即事

道棘荒难剪，山深曙每迟。有愁惟对镜，无语但临池。

税少赔逋重，民穷犴狱滋。鳞鸿何日到，凭寄故乡思。

岂作遊山客，终朝云雾边。人非都邑貌，树尽汉唐年。
陟险疑无地，登高欲近天。厌闻胥吏语，去路更盘旋。

脱险临平易，孤怀喜倍加。鸣泉听谷口，吠犬识村家。
云已无心出，松还有意遮。闲情何所适，山鸟共山花。

征粮道中偶吟

素有清幽僻，居官恐未然。
不图征课吏，颇得看山缘。
花落虹桥外，人行鸟道边。
舟车随所适，触目总林泉。

罗兴禧（清）

【罗兴禧】字兰塘，号蕉雨，江苏仪征人，乾隆癸酉举人，三十二年科署景宁县令，廉明英敏，襟度洒然，未一载，委调宣平邑，著有《浙游吟草》。

春日和晴川李前辈鹤溪即事

地僻逢人少，官闲爱日迟。时看云出没，不竞水差池。
溪鸟当窗下，山花著雨滋。眼前诗意满，随分写幽思。

性本耽丘壑，居宜木石边。况逢无事日，幸卜有秋年。
淡薄堪明志，行藏不问天。一波春水绿，聊与共周旋。

偶来清极处，幽趣复何加。芳草寻山路，青帘卖酒家。
野桥春雨断，萧寺暮云遮。岂必河阳令，栽成满坦花。

释篆之宣平鹤溪留别

移琴忽与士民违，半载深渐抚字非。
未免有情难判决，不知何事尽沾衣。
鹤溪波渺群鸥散，鸦岭风高独雁飞。
遮莫攀辕进卮酒，忍辞一醉解骖骈。

林　鹗（清）

【林鹗】泰顺人。

赠朱未梅广文

度岭一相寻，千山抱县深。
清溪元鹤影，儒宦白云心。
梅冷有同味，风高让独吟。
此邦浑太古，若为倡元音。

文维新（清）

【文维新】字晓亭，光山人，同治十一年任景宁典史。

印山即景

缓步层巅上，清光一望全。
日华摇远岫，云影障遥天。
涧曲鱼龙伏，山深虎豹眠。
会心应不远，石印万千年。

浮丘伯钓台古迹

仙人栖隐处，临水石崖巍。
岸草春先长，溪云画自开。
苍茫迥鹰鹜，蔽带接山隈。
不倦垂纶兴，携壶坐绿苔。

和桂园周公九日惠明寺登高原韵

重九题糕自古传，鸦峰胜景有南泉。
诗留石壁挥毫下，酒贮金樽乐席前。
桂苑香飘犹未了，菊篱艳放正嫣然。
登高一览情无限，大地山河计万千。

峰峦拱峙若嘉宾，万佛堂前气肃寅。
畅饮菊筵多助兴，拜聆玑句妙如神。
同行只我为痴汉，满座诸公尽雅人。
景仰高山不胜感，三生定有宿缘因。

验勘途中步行偶题

驰驱蜀道若登天，仆瘁难行马莫前。
双足踏开云外径，一身冲破雨中烟。
悬岩怪石重重矗，峻岭奇峰处处联。
举步浑忘苔磴滑，此邦随地足留连。

高棠萼（清）

【高棠萼】字仲篦，北直昌黎人，康熙五十七年由进士任景宁知县，慈惠深仁，爱民礼士，尚简静，迳绝苞苴，与吏民处人家人、父子而无所欺。岁歉，教民节俭及种植各法，多设厂施粥，民始不饥，以才能调繁，卒于省。有《五荣堂全稿》行于世。

答舆颂一首

莫嘲一吏宰山城，地僻民良政自清。

衙散时看园果熟，漏残常听野禽鸣。

惭无妙剂医凋瘵，只有平心待质成。

士女不劳频祝颂，从来难副是嘉名。

潘可藻（清）

【潘可藻】字宾文，号懒庵，景宁人。少负奇气，淹通典籍，工诗文、绘事，旁及歧黄术数诸学。康熙辛卯贡生，雍正五年选训导不仕，尝制丹，凡施人，至老不倦，辑经验医，两修邑乘。所著有《懒庵集》。

送陆裕山广文致仕归当湖

渊源家学继宣公，表式儒林赖有翁。

逸致曾濡清露濯，高标不受俗尘蒙。

以文会友官真乐，酌酒吟诗道愈隆。

夜拥青坛云自护，晓开绛帐日初融。

赏音特识柯亭竹，听火兼收旅爨桐。

芹藻绿滋经化雨，李桃花发动春风。

游当鹤水同沂水，坐对兰丛倚桂丛。

客座平分池上月，斋厨频进竹阴松。

景宁古诗

鹤溪诗路

醇醪酒久将予醉，胶漆相投许我同。
乐育三年推善教，遂初今日惬幽衷。
偶然凤出非不粟，从此鸿冥不可笼。
归去香山添一老，迎来栗里候多童。
诸生泣涕郊西路，几树丹枫泪染红。

村居雨中

一枕凉生气似秋，山云乱涌作油油。
风翻竹浪舞青凤，雨润松涛鸣翠虬。
看到阶深三尺水，坐来心长十分愁。
村烟寂寂檐声急，独卧林梢百尺楼。

招宝彩兄归林

忆昨桐江系客槎，儒官幽趣数仙家。
一盘苜蓿息闲日，几盏醍醐脸上霞。
借问常思尝肉味，何妨兴逸忆黄花。
吾宗旧有清风卷，待续佳篇映碧纱。

桐江秋色看三过，吾道虽东鬓已皤。
官冷直同垂钓叟，年高应授力田科。
二疏去后黄金少，五柳归时浊酒多。
莫道氆寒归来时，得儿孙弦涌乐和。

四时山居

鸟语花香春尽，披风抹月幽情。
但得此中真趣，何须身外浮名。

几筒幽篁庇署，半池香芸迎风。
午倦安眠北牖，华胥路熟频通。

竹腹清泉泻玉，庭前丹桂堆金。
花下观书啜茗，悠然太古初心。

雪径浑无客到，到椒浆喜有妻。
藏频着地炉兽，困斗儿女行觞。

景宁令特亭汪公革夫役十九韵

力役古不免，使之贵以时。　苟非法君子，民困兼殍离。
吾邑弹丸城，城郭傍溪湄。　千峰出云表，墅畔几町畦。
烟村倚林坞，猿狖行相随。　农家急官役，拔涉废耘耔。
鸠形越鸟道，一步一嘘嘻。　老稚力不胜，典质及犁镃。
间有待哺家，掩户日啼饥。　秦山负民背，其备莫能支。
贤候父母心，哀矜亟抚绥。　始自下车日，佣夫捐俸资。
斯弊欲永除，通衢镌禁碑。　穷黎释重累，一旦寥疮痍。
力田麦双秀，植桑无附枝。　夏不粜新谷，春不卖新丝。
遐迩歌善政，铭勒人心脾。　德与邑终始，何日可忘之。
即谚成短章，志感非阿私。

注：摘自《处州府志》第三册文艺志（下）诗篇2098页。

潘可筠（清）

【潘可筠】字宾松，景宁鹤溪人，康熙庚辰岁贡，官萧山训导，嗜经史，屏浮华，与弟可藻有"一门双兰"之誉。

敕木山

天南云际耸高峰，秀发孙枝百万龙。
到景频教金抹额，严冬常借玉为容。
香泉验雨留仙迹，献木通灵护帝封。
紫翠千秋浑不改，荣华空自爱纤浓。

吴钟镐（清）

【吴钟镐】字子京，景宁人，生员。

上已游金仙寺和吴少亭师尊作即以志感

烽烟已静不闻钲，古寺荒凉鹊噪晴。
引我踏青忙上已，那堪数节近清明。
闲云补衲饶僧意，落日飞花恼客情。
惆怅金仙归未得，撞钟韵续醉歌行。

叚三才（清）

【叚三才】字参公，号聪峰，直隶永年人，乾隆丁丑会魁，三十三年任景宁县令，长厚宽和，在官犹学。

白菊

不同浅绛与深黄，晚节高标异众芳。
伴色正当思白帝，瓣香应是近青绵。
连宵细蕊欣留月，侵晓仙枝莫讶霜。
未必东离甘隐逸，还宜素壁映明光。

雨中重九

去年九日忆杭州，瞥眼佳辰又一周。
自是登临随处好，却来风雨满城秋。
黄花遍绽人欹枕，白发潜生帽恋头。
插罢茱萸无个事，鹤溪新涨听寒流。

吴嗣范（清）

【吴嗣范】字希文，号篁谷，钱塘人，乾隆庚午举人，景宁教谕，博学工诗，训士有程，与邑令张九华同修志乘，在任日久，士林念之。

喜雨和叚聪峰明府原韵

才展花笺写隐忧，甘霖倏忽沛方州。
琴堂第觉心无愧，蔀屋咸歌岁有秋。
山带螺青周四野，水漾鸭绿遍千畴。
使君廑念苍生切，应有风雷到笔头。

春日偕潘太初登印山

挈伴寻芳趁雨晴，印峰景邑望中生。
花迎蝶舞参差影，柳拂啼莺断续声。
踏遍青山春有态，醉残红日酒多情。
归途不觉炊烟起，离犬村村吠月明。

陈麟瑞（清）

【陈麟瑞】景宁渤海人，字仲王，乾隆丙午岁贡，才思浚发，工骈俪体，有《玉泉赋》、《沐鹤溪浣纱答嘲赋》传世。

指南书院落成呈张公莲州明府

花封重构读书堂，好示群英响道方。
有路不须愁献雉，无岐何用叹亡羊。
当年未解窥颜苍，此日须知入孔墙。
一自迷途经指点，云衢取次看翱翔。

石牛山

峥嵘头角本天然，闲甚流光隐翠巅。
春雨不愁芳径滑，晓风常荷古藤牵。
经年独踞仙灵窟，镇日闲看岭畔田。
自出函关谁是主，烟霞深处只高眠。

王　惟（清）

【王惟】字莘夫，江苏江都人，贡生，乾隆四十年任景宁典史，耆年风雅，好吟咏，著《浪游草》，莅任十月卒于官。

春雨述怀

山窝署冷宦情闲，春雨绸缪烟雾间。

树色有怀常渺渺，溪声无夜不潺潺。

闷携浊酒心先醉，倦检残诗手自删。

几日黄齑甘淡泊，感怀空趁二毛斑。

陈　蕙（清）

【陈蕙】字东之，号啸庐，镇海人，拔贡，嘉庆十七年任景宁学谕，丰裁峻整，嗜古工诗，精于楷法，授徒尤启迪不懈。

鹤溪次韵酬张晓山之闽

偶缘寻胜蹑山阿，醉试樽前墨一螺。

栝郡前朝分小邑，竹枝吾辈代蛮歌。

僧龛多说三唐建，词客曾传大谢过。

是否浮丘垂钓处，古苔长护字痕多。

郑邦涟（清）

【郑邦涟】字问渠，广西临桂人，嘉庆丙子举人，道光十一年任景宁县令，治尚明决，衷实兹祥，时连岁大祲，道殣葬相望，民迫于饥寒，寝将滋事，赖公廉明，严为镇抚，并设法赈济，保富安贫，地方护靖。至因公下乡，尝以农务与诸野老谆切言之，后以忧去。

行次岭里口占

勾牧山城已四年，风光此地最新鲜。
飞泉澎湃云霄里，空翠苍茫舆马前。
邑有流亡惭抚恤，词争曲直费周旋。
从头指点须相记，莫学巴人讼芊田。

徐东生（清）

【徐东生】号晓溪，德清人，拔贡，道光八年任景宁教谕。

和郑问渠明府试毕有感原韵

桃李争妍各擅能，更看秋桂馥公庭。
壶中一片冰心贮，有口皆碑满士林。

程文范（清）

【程文范】字酉山，江西鄱阳人，举人，道光二十六年任景宁县令，迁建学宫，悉心经理，择董分辩，区划周详，听讼虚心，必以至情至理宛转开导。

拟叚聪峰喜雨

为祝年丰永降康，万山一气酿寒霜。

灯挑昨夜冰弦润，剑走何人兎颖狂。

地母歌喧连鹧鸪，天孙锦濯几鸳鸯。

佇将浊酒斟青案，好听旧窗滴漏长。

盛赞尧（清）

【盛赞尧】字棠祥，新昌人，拔贡，同治十二年任景宁教谕。

赠邢印中大令

息影惭为叶底禽，记联同谱抱钦钦。

怀人合羡栽花手，入境难忘爱树心。

丛棘偶欣祥凤集，乔枝终共晓莺吟。

鹤溪不断潺潺水，长带恩波万顷深。

来暮方歌去复思，我征初至太迟迟。

适逢狐笔修良史，窃效蛩吟制颂词。

遥溯鹤琴迁秩处，欣传凫鸟入山时。

况闻治谱频旌异，何止镌成德政碑。

邑志修竣柬赠周桂园大令

棠风吹动鹤溪烟，凫鸟飞来已六年。
心版早当盟白水，口碑随处说青天。
花栽潘令犹沿古，薤拔庞参肯让贤。
一种不忘君国意，弦歌长绕栝苍巅。

猎猎西风促我行，蓿盘风味北琴清。
论文幸得偕开祖，修史还应属长卿。
善政久传贤令尹，宰官原是旧书生。
弱翁治绩终无负，锦字屏风合有名。

癸酉秋仲偕严月舫外翰同年闲步溪桥访浮丘古迹

手中一卷羽仙经，携得良朋此暂停。
石掩苔痕文隐隐，溪涵山色水泠泠。
人能传世风斯古，事到留名地亦灵。
招鹤果来寻旧士，千年犹自舞伶俜。

孔宪采（清）

【孔宪采】字雅六，号果庵，桐乡人，廪贡，咸丰八年任景宁教谕兼训导，性格豪迈，有经济才，工古文诗赋，辑有《小桃源纪略》。

华屋悲·哀火葬也

生华屋，死山丘。古人犹切终身忧。奈何炮烙施及亲，死后亲，死未久，骨未朽。区区不保子孙手。呜呼，子孙曷试以身受。

萝施松·伤弃妇也

茑萝施松柏，白头矢偕老。奈何连理枝，化作断肠草。吁嗟呼，古人糟糠不下堂，得新弃故莫乃伤。

燕将雏·戒溺女也

喃喃梁上燕，燕子方将雏。不论雌与雄，爱护常恐疏。璋与瓦兮同一体，彼鸥鹗兮戕其子，视他人子可知矣！

鹬蚌争·惩健讼也

深渊有蚌，高山有鹬。曰雨曰晴，相争不决。渔人举纲伺其隙，剖尔躯壳剪尔翼。晴雨在天尔何说。

杜如锟（清）

【杜如锟】会稽人，康熙二十年由例贡任景宁学谕，端重沉毅，卓然师范，捐建启圣祠、明伦堂，升山西马邑知县，累升科道。

卓峰

峻嶒巨嶂列山灵，拔地孤擎削不成。
空谷惟闻黄虎啸，危岩常见白云生。
势增栝郡金城壮，形压天台玉砚平。
日夕南来多爽气，可能相对畅幽情。

吴道林（清）

【吴道林】字少亭，桐庐人，廪贡，同治八年任景宁训导。

登石印山歌

沐鹤溪畔山连连，有石昂昂头向天。

石印名字更奇古，是汉是唐不计年。

山能生石山无缝，石能上山石不动。

天造地设此一卷，且把诗句从头诵。

石乎石乎太郎当，天道尚圆尔尚方。

相君之面将与相，位置当贡白玉堂。

何以当道官场非汝有？

蹉跎甘向空山老，不入城市不登坛。

人不负石石自负，石闻此语笑辗然。

天之生我胡为焉？

世事升沉各有定，何如碌碌守其坚。

君不见会稽新来朱太守，尝怀印绶见故友。

拖紫纡青无几时，此印已入他人手。

又不见位尊金多苏季子，印佩六国世谁似？

三间破屋相公门，一畦寒菜故侯第。

我昔与石为比邻，我今呼石作主人。

试看潦倒名场者，同是风霜阅历身。

偕同人游豸山

山上复有山，人住山腰里。屋藏万树烟。路间一溪水。
瞻之恍在前，目注心辄喜。不必问木兰，溪头寻芳趾。
迤逦过小桥，一峰翼然峙。花鸟极幽闲，竹木更茂美。
书声寂无闻，茶烟冷不起。仙人厌烦嚣，因之绝香市。
长揖问汤仙，不解个中理。我今替仙愁，母乃忘乎已。
夕阳忽在山，余霞杂红紫。同永归去来，行行又止止。
攀藤手先伸，度岭足难跂。醉翁乐山林，窃比欧阳氏。

登豸山归游金仙寺和严月舫明经韵

不须花里听鸣钲，携伴登山趁晚晴。
人语近从云际出，日光遥向水边明。
老松当户忘年代，古佛低头笑世情。
却好官闲无个事，梦中还在上方行。

景宁古诗
鹤溪诗路

叶培元（清）

【叶培元】字斐然，景宁包山人，廪贡生，禔躬温厚，膝下瞻依，与兄弟友，于谊笃，歉岁人仰秉者，皆量给之，于师儒尤极尊礼，以吟咏适其暮年。

包山即景

岭倚金钟数亩平，烟云环聚昼难成。
一泓碧水家为岸，四面青山树作城。
莺送三春迟夏语，蝉呼六月早秋声。
桑麻掩映浓荫密，物外逍遥无限情。

潘漪（清）

【潘漪】字澄鉴，号月湖，景宁漈头人。咸丰甲寅恩贡，自幼孝友，文心恬静，年周甲，犹励志读书。

登米崖峰

同怀竞喜上云梯，回首青山四面低。
道岸诞登应若此，凌高只在我攀跻。

唐缊（清）

景宁风俗二十韵
呈张约斋明府

邑小虽云陋，云山入画图。连峰如有约，叠岭自相扶。
佛寺随高下，村墟望有无。台传曾钓伯，溪想昔栖庐。
桂蕊分年盛，兰芽四季敷。鹇翔毛振雪，猿挂面愁胡。
腊底草先绿，春前花早朱。月明啼杜宇，树密唤提壶。
节侯全瓯粤，登临迥越吴。民良堪画狱，政简措鞭蒲。
社酒罗香蕈，春盘存苦楮。笋尖常切玉，莲子剥明珠。
文石镌杯小，青瓷烧器殊。跳崖鱼有脚，食竹鼠偏腴。
地僻留名士，城荒借大儒。碧苔朝沐鹤，印石夜飞凫。
贾杜名非偶，龚黄颂不谀。清贫仍我辈，泉石旧吾徒。
日共宰官语，深知风俗都。讴吟成五字，聊以当只竽。

刘褆（清）

【刘褆】和州人。

印山闲眺二首

地僻疏林合，茅亭曲径遥。
春云飞不定，随意抹山腰。

山空水自流，树老风愈劲。
落叶满秋亭，溪云澹天影。

李国玺（清）

【李国玺】字祥玉，河南汝州人，康熙四十七年由侯官海丰两县驿丞升任景宁典史，勤慎和平，邑资佐理。

村行

夹径重阴绿树齐，村原极目草萋萋。
关情又是春将暮，无数青山黄鸟啼。

清修寺古柏

森森千丈柏，磈砢多节目。轮囷数十围，四面露筋骨。
材不中烧燔，何况作琴瑟。上生伽南香，千岁或间出。
每为神所凭，童稚不敢触。稽首叩明神，魂梦语忽忽。
与为梓与柟，何如不材木。

任 涛（清）

【任涛】字次山，号寿水，钱塘人，乾隆壬申举人，三十三年借补景宁训导，温雅能文，手撮风俗方言《景宁小志》。

学斋

芹藻风流博士居，源头活水自如如。
眼前指点无人识，养得池中几个鱼。

赵士霖（清）

【赵士霖】钱塘人，道光八年由举人任景宁学谕，制行端方，诗词工妙，其启迪殷殷不倦，邑人士从游颇盛。

观钓尖

岗峦环倚起崔巍，遥指浮丘旧钓台。
观到清溪能跃鲤，投竿应有济时才。

陈之清（清）

【陈之清】字澄川，景宁库头人，嘉庆壬戌岁贡，喜吟咏，工书画。

鹤溪花朝

试数春期已半过，山城花事近云何。
我来聊作评春史，淡碧轻红到处多。

于巨澍（清）

【于巨澍】静海人。

张村清修寺

森森古柏状杈枒，朝映岚光暮映霞。

枝挟钟声沥风雨，阴移塔影走龙蛇。

游来讵数承天寺，化去堪成博望槎。

我欲披缁绝尘鞅，余年相伴卧袈裟。

碧苔庵

阴翳千章密，招提院落开。岚光环杳蔼，涧溜响潺湲。

寺忆题红叶，庵宜识碧苔。修篁摇剑佩，丛桂胸栖苔。

积藓述栏畔，湾桥跨水隈。山灵潜豹虎，禅定护风雷。

莲社容相过，祇林漫浪猜。何时脱尘鞅，常听梵间来。

方国光（清）

【方国光】字天简，海盐人，例贡，康熙四十五年任景宁训导，虚怀爱士，学行俱优，以讪误去。

张村清修寺

跋署清修路，低徊爱翠微。虬松阴甃卧，远树乱云飞。

塍细佛光远，山深人迹稀。谁家临水畔，假坐一披衣。

景宁古诗 鹤溪诗路

李延元（清）

【李延元】字壮猷，获鹿人。

春日碧苔庵集句四首

集方干、翁承瓒、杜甫诗句
幽崖别派象天台，瓶钵偏宜向此隈。
花迳不曾缘客扫，翠萝深处遍青苔。

集权德舆、李咸用、方干、郑谷诗
寻常钟磬隔山闻，松桂寒多众木分。
此外俗尘都不染，上楼僧踏一梯云。

集宋之问、皮日休、郎士元、杨巨源句
山壁崭崖断复连，林间孤鹤欲参禅。
苍苔古道行应遍，花雨知从第几天。

集赵嘏、方干、韩愈、李咸用诗句
烟霞咏尽翠微空，窗户凉生薜荔风。
日暮归来独惆怅，数峰春色在云中。

春日鹤溪署中书示莲洲明府

集崔峒、李山甫、张继、方干诗句
讼堂寂寂对烟霞，柳带东风一向斜。
陶令好文常对酒，应容闲吏日高衙。

叶凌云（清）

【叶凌云】字锦章，景宁鹤溪人，秉性和厚，父业农，尝昼耕夜读弱冠游庠。

张村清修寺山水景观

浓黛横空起，高盘腹下垂。缁衣成世荫，翠盖肃坛仪。
寺建咸通旧，书传孟頫遗。前朝留净域，此树记何时。
奔截峰峦势，坚撑铁石枝。蜇龙移穴早，沐鹤构巢迟。
种即山灵护，年惟古佛知。劫灭飞不到，春酒寿无期。
寄托千秋重，栽培一本奇。名材关气运，大厦卜安危。
郁郁殷人社，森森蜀相祠。宫成新作颂，台筑共联诗。
括郡分苍干，雅峰处远陲。徒令穷谷老，欲觅赏音谁。
积岁风霜饱，空门日月驰。他时凭健笔，濡染上峰碑。

王维球（清）

【王维球】丽水竹坪人。

浮丘伯钓台歌

豺山山之麓，巨石累如台。
面削平坦边不侧，上有一人把钓临溪隈。
羽衣芒屩箕锯坐，鲸鲵拨浪掀风来。
闻是道者浮丘伯，还丹曾脱尘凡胎。
回身拍手谢俦侣，一声长啸沧波开。
蓬瀛弱水三万里，乘兴亦向溪湾回。
偶拂台石重理钓，鸥浮鹭宿无惊猜。

钓罢还骑赤鲤去，遂令此台灵气万古相依偎。

我令访胜登层嵬，攀萝披棘别薜苔。

欲投长竿巨浪堆，神鳌屼立风喧豗。

身无仙骨犹徘徊，抬首盼望仙云颓。

但觉水声激激响，清月出顶风花催。

叶笃勋（清）

【叶笃勋】景宁鹤溪人，字邦辅。

张村清修寺古柏

清修寺外翠云流，清修寺内绿阴稠。
重叠层堆挥不去，螺砢老柏几经秋。

忆昔孔明庙前植，扶持曾说神明力。
蝼蚁能识天地心，鸾凤相栖参黛色。

于时盘错向沙门，法雨遥沾净六根。
百尺虬枝空色相，大千世界浑乾坤。

岂真材大难为用，自是材大人珍重。
勿翦勿伐记风诗，茇憩应与召棠共。

鹤溪钓台歌

我闻尚父起磻溪，鹰扬盛绩无能齐。

又闻严陵老富春，羊裘介节迥绝伦。

一行一藏各异辙，伊谁把钓详分说。

惟有持竿沐鹤之浮丘，道骨仙心任去留。

既异功名士，亦非隐逸流。

独抱天真天上去，孤踪倏忽杳难晤。

云散风流几千年，留得苍凉片石长此笼烟树。

树前不见鹤飞影，树里不闻鹤鸣音。

世界微茫类如此，底事诗人说到今。

于今崖间镌字赤，选胜频来谢公屐。

渭水桐江曾似无，天风吹醒游仙客。

袁 衔（清）

【袁衔】字佩卿，号淡生，江苏泰州人，光绪戊子江南乡经魁，中东战后，国家诏求异才，大司寇廖公寿恒荐，君堪大用，特旨授知县，光绪二十四年莅任。

冬笋

京师冬笋初登筵，猫头几弯酬盈千。

灯红酒绿供醉饱，缕金切玉嗟芳鲜。

岂知闽越千山外，三钱一束人争卖。

地炉煨火伴甘薯，和以盐荠苊酸菜。

世间贵贱真儿戏，转绿回黄任人意。

割肉曾驱燕市车，饭蔬忽作穷山吏。

苦竹幽篁山鬼邻，斋厨葵藿笑官贫。

只余多笋无昏旦，寄傲长安旧酒人。

步豸山

出郭即登涉，大山宫小山。

偶随白云去，更与夕阳还。

鸟雀疏林满，牛羊野色闲。

清溪如有意，向暮水潺潺。

景邑无菊博泉守戎家有一本赋赠

僻县无秋色，君家见一枝。

但教人载酒，应有客题诗。

天地清霜日，溪山苦雨时。

寒香珍晚节，莫叹鬓如丝。

半载

半载穷山吏，看山暮复晨。

何才堪报国，有梦只思亲。

民好无情讼，官成彻骨贫。

岁寒知不远，聊与伴松筠。

感秋

金风吹万籁，如助客悲秋。

红叶况摇落，候虫还唧啾。

全家供海曲，薄宦独东瓯。

不送将归者，登临恐白头。

鹤溪闲步遂至叶府前

行尽平桥到草堂，家家穤稏总登场。
丹枫霜染初生色，朱橘风来倍送香。
放鹤亭空犹可指，养鱼陂在已全荒。
秋花遍地芒鞋软，为访溪边黄四娘。

先君忌日部民有馈鱼者作诗志之

白水盟心敢自夸，愧他赠鲤到山家。
加笾聊供先人馔，弹铗能销薄宦嗟。
頳尾苍凉穿柳叶，金鳞泼剌带苔花。
好音试问西归客，车偈风飘日欲斜。

九日登署楼作

薄宦频添瘴疠忧，惊心时序独登楼。
黄花九日难娱客，红树千山渐作秋。
回浦早霜迟雁到，栝苍苦雨听猿愁。
异乡惆怅逢佳节，自采茱萸懒上头。

晨起署楼望雪有作

敕木山高望不分，吐云霏雪正纷纷。
玲珑竹叶皆栖雪，重叠松梢半挂云。
径没更无人过岭，林寒应有雀呼群。
穷荒回首旗亭路，唱到黄河酒总醺。

雪中看红梅

红萼冲寒艳不支，也如庾岭两三枝。
官贫那怪梅花瘦，署冷惟看雪絮肥。
翠雨久疏南海梦，瑶琴为鼓北风诗。
湖心亭上春香好，二月重游也未迟。

鸦峰寒雨听三位中鼓湖弦有感倚甘州一调

渐万山、红叶落飕飖，寒雨满城头。怅乡园千里，疲民百户，薄宦东瓯。怕听繁弦急索，弹指奏凉州。惹我十年事，都上心头。

太息芳华依旧，只采芳迟暮，两鬓先秋。记宜春社曲，珠串听歌喉。纵梦里、海棠檀板，待醒来，溪水绕墙流。无穷憾，簪花人老，花也应羞。

张凤翱（清）

【张凤翱】字梧冈，景宁鹤溪人。

题袁淡生明府诗后

旧时闻望重袁丝，到处留题鸿雪词。
千里驰驱成幻梦，一官寥落寄新诗。
维扬每切别离憾，下邑空怀遗爱思。
幸得渊源佳子弟，犹存手泽忆名师。

白雪阳春作手推，轮囷盘郁此奇材。
张平子有四愁赋，庞士无非百里才。
造物钟灵宜大用，斯人应运又先摧。
茫茫天道诚难识，流水高山空低徊。

【严思正】景宁小佐人，字琴轩。

鹤溪怀古

把钓浣纱俱陈迹，一带溪光依旧碧。
溪旁花鸟为谁忙，过眼枨触诗人笔。

鹤溪自昔属芝田，浮丘遁迹是何年。
维石成台势突兀，天然矗立水之边。

垂纶持竿钓烟水，百代茫茫畴可比。
飞升事岂涉荒诞，沐鹤仙人呼不起。

浣纱石上问前因，谢公嘲女此溪滨。
娉婷仙子今何在，酬答留诗字字新。

招鹤来归潘太守，浩歌俊逸词三首。
思解缨络追仙风，节概凛然真罕有。

沧桑换劫感凄凉，剩水残山付夕阳。
访古更向芳洲过，溪流呜咽起愁肠。

往事转瞬何足数，鹤去潭空余沙土。
梅花惨淡松花青，惟有高风足千古。

景宁古诗

鹤溪诗路

陈　诗（清）

【陈诗】字采轩，武康人，拔贡，光绪二年任景宁教谕。

和柳伯息同年招游豸山原韵

折简招游豸岭巅，芒鞋沿路踏山烟。
疏林雨滴初晴候，萧寺风清近午天。
醉后强吞三盏酒，情多伴掷一囊钱。
西园雅集诚堪拟，觅句追陪信有缘。

故人家住石岩巅，一望靡芜绕翠烟。
回首春明骊唱日，相思秋水雁沉天。
家风我负遵投辖，雅谊君同宠受钱。
待到年来灯节里，登堂践约话前缘。

张维翰（清）

【张维翰】字慕九，归安人，岁贡，光绪二年任景宁训导。

次韵和伯息明经游豸山

命俦选胜涉高巅，雨后云开卷宿烟。
携有佳肴来碧嶂，愧无好句问青天。
莫酬壮志聊酬酒，只爱名山不爱钱。
他日河东刊大集，飞鸿幸附雪泥缘。

景宁古诗　鹤溪诗路

八三

葛　华（清）

【葛华】字槙初，闽县人，光绪十年任景宁知县，清俭宽平，尤礼文士。

留别景宁绅士

无数峰峦插汉高，洞天深处远尘嚣。
桂山石古留方印，莘岭泉甘胜绿醪。
比户俭勤风近朴，连年丰稔雨如膏。
此间不异桃源境，笑学渔郎走一遭。

怕闻众口颂同声，保赤终难副成名。
政不烦苛惟省事，狱无大小只平情。
民知畏法刑常简，官解安贫梦亦清。
喜有廉明新令尹，定多霖雨福苍生。

屈指交游最系思，况从文字结心知。
品如裴仲真吾友，学本程朱是我师。
月旦群贤欣毕至，云程万里辄相期。
请看佳气雅峰起，会有鸾凰簇羽仪。

梅花送我出山阿，父老情深惜别多。
一曲骊歌增怅惘，两年鸿爪感蹉跎。
乾坤莽莽身奚采，风雪劳劳鬓已皤。
传谢故人挥手去，未知此去复如何。

吴颍炎（清）

【吴颍炎】字亮公，诸暨人，举人，光绪十七年任景宁教谕。

留别景宁寅绅怆然有作

宦游适到浣纱滨，我本浣纱溪上人。
惭负俸钱安固陋，自来儒吏重清贫。
严光识面须眉古，张翰谈心意气真。
更得刘郎共晨夕，使侬不敢忆吴蓴。

雄心犹想上公车，七度春官白发疏。
交道喜添新缟纻，归装欲典旧琴书。
雅峰便有鸿泥迹，鹤水曾留鸠拙居。
此日明年京洛望，天边木末渺愁余。

曹抡彬（清）

赠鹤溪讲堂

桃李无言灌莽深，空山流水动沉吟。
到来讲舍看新构，知是良工费苦心。
玉笋斑生霄汉侣，鹤溪声送管弦音。
春长好景休辜负，缃帙披余挟素琴。

斐　然（清）

【斐然】系惠明寺僧，一生嗜茶。康熙十年拨租建惠泉茶堂于县治东惠泉山梅庄路旁，给僧烧茶，并供行人。

惠明五碗茶

头碗清淡，二碗甘鲜，

三碗胜一碗，四碗五碗味原在。

大　唐（清）

金仙寺观音殿

雪山童子应前世，金栗如来最后身。

片石孤云窥色相，清池皓月照禅心。

夏禅周（清）

【夏禅周】清同治时文人。诗文描绘当时乡人竹楼休闲，煮泉品茗，悠闲田园生活，韵味惟妙惟肖，令人叫绝。

碧苔庵

杉皮为屋竹为墙，鼎沸松风沦茗香。

似有苏门长啸客，清音半落水云乡。

潘沄（清）

雅峰书院

雅峰望族推荥阳，支分派衍世举长。

各执诗礼能文章，君更敦品如圭璋。

天心用是降百详，岁华九十集萱堂。

孝恩不匮声必扬，斑衣菜子共流芳。

况修家乘叙伦常，慎终追远谋自藏。

我来斯土治未遑，访求前哲深且详。

乃祖名宦已彰彰，仰瞻遗像肃冠裳。

作善之家有余庆，瓜瓞绵绵俾尔昌。

木木水源思，山行不厌疲。

扬芬史公意，述德谢家诗。

楔焕荥何似，陔循乐可知。

太夫人在堂，已九襄以矣。

间居重揽镜，青鬓未成丝。

陈之璜（清）

张村叶六公坳

征人拾级岭如弓，拜谒神灵叶六公。

自昔坳头传胜迹，焚香未了且乘风。

九曲岭

峻岭崔巍达远岗，几湾几曲数三三。
而今酷暑炎阳动，汗滴衣襟扇正酣。

笔架山

高峰宛似笔锋坚，峻嶒凌云众共瞻。
诗客攀登当日落，举头向月觅蜍蟾。

龙绳坳

山坳缭绕日初蒸，绝顶峰高客未登。
但使题诗休搁笔，层岗恰似捆龙绳。

石佛岩

天生石佛自非几，不戴金冠不着衫。
港口高峰为锁钥，至今无不羡灵岩。

白水漈

夏雨淋漓湿葛衣，翻然雪浪欲横飞。
漈头白水三千尺，匹练长悬盆石矶。

风岗

火伞初擎暑气长，薰风猝至拂高岗。
哪知出穴从何勇，自诩征人半日凉。

洞底

洞底清幽雾暗交，岩三百尺独凌峭。
方知石壁无阶级，只许猿猴来作巢。

金竹湾

漫说湾头金竹多，几经剪伐尽消磨。
当年可作长竿钓，惹得渔翁一曲歌。

龙头潭

只见龙潭不见龙，伏龙想是往长江。
前人雾里窥鳞爪，石窟幽深水润淙。

洞天门

不为良相为良医，往哲名言不我欺。
采药去从松子问，回春来报杏花知。
携童插柳留余地，挈偶栽桃舞彩眉。
仆亦齐东称半老，追随杖履赖扶持。

森森古柏状杈桠，朝映岚光暮映霞。
枝映钟声沥风雨，阴移塔影走龙蛇。
游来讵数承天寺，化去堪成博望槎。
我欲披缁绝廛鞅，余年相伴卧袈裟。

潘辰明（清）

山居答谢

不为青山懒入城，病躯多事梦犹惊。

闭门尽有书堪读，倒徙原无客好迎。

江海布衣共菠落，圣明罗网尽豪英。

平生未有凌云赋，虚负杨公荐拔情。

叶高耀（清）

石狮卧月

英电雄雷震不醒，铜头铁额现全形。

蟾光月下长深睡，养得真心一片灵。

石狮卧月

哮吼谁言百兽惊，月明仿佛见真形。

当今圣德沾幽远，神物呈奇育地灵。

玉林僧院

里许山巅胜景开，四围梅竹老僧培。

钟声响彻云霄外，一切红尘不得来。

凤岭青霞

岭以凤名独擅奇，烟霞聚处见威仪。
天然锦绣朝阳地，无限光华豁我眉。

高峦峭拔势呈奇，光映朝阳若凤仪。
五色彩霞飞灿烂，好看看锦织天机。

金字书斋

结屋山隈绿树幽，诗书贻厥子孙谋。
一区长听鸣弦诵，邹鲁家声世世流。

村北山前景最幽，阒然墙屋昔贻谋。
时人只道金遗子，谁识书声世代流。

双涧泉琴

雨山漾洄彻底清，好教孺子濯新缨。
长遗遏月留云调，在此潺潺不断声。

云根深出玉泠泠，好掬沧浪为濯缨。
双涧瑶琴鸣不断，松风长日和寒声。

鸡岑晓月

月落星沉岑影开，光明日色射楼台。
晓行过客昂头望，疑是天鸡到此来。

云敛鸡岑紫翠开，葱茏佳秀映楼台。
恍如啼彻天边晓，催得金乌出海来。

叶耀春（清）

钓台怀古

石垒巍然在，钓台树倚坡。
浮丘人不见，把钓事云何。
水涨春波绿，花香鸟语和。
低徊怀往哲，屡向钓台过。

梅庆云（清）

开字之题

胜景青州下五湖，始居宦族显皇都。
西河派析亲叶茂，浙闽同宗皆其吾。

地境

忠塘门栏瓜秩全，山清水秀出贤良。
书田久种人奇杰，世代衣冠永不偏。

四境

源泉混混两道津，淘涌波澜正是春。
试使鱼龙能变化，好乘涛浪飘风云。

午山卓笔

尊居如午面南山，特秀孤峰势插天。
几度风飘云影动，晃如笔顿绕云端。

仙宫香溢

上仙积序九天高，感应宣封列圣朝。
朝祀彰彰千古胜，香腾宝盖在云霄。

杜介清（清）

登乌岩有感而作

岩岩风采仰徘徊，得步高巅眼界开。
客路横从卑里过，家乡全仗灵根培。
清心偏有清泉对，古寺路稽古迹堆。
作欢上方钟磬响，振衣切幸脱尘埃。

岩下即景

石峦耸翠景非凡，选胜如探二酉山。
外僻空来天作界，旁塝曲处月先衔。
松排列岫涛声起，竹护平冈翠色环。
更向楼头舒一眼，虚含清气入巾衫。

芳　荣（清）

坛头岭即景

村下坦头景色悠，溪泉泻玉复长流。
迟岩拱秀增佳境，乌石呈祥更豁眸。
八隔疆成天作界，三洋水碧月常浮。
凭栏远眺探奇胜，越觉钟楼致较幽。

双港分流

万峰山下涌清泉，两港分流迸大川。
水势争趋归一壑，翻扬到海亦茫然。

鱼仓潭碧

昔人鱼聚号为仓，潭碧水清影莫藏。
我欲垂纶寻古迹，一泓澄澈洗愁肠。

钟楼峰青

鸣钟古寺日初昏，雾重烟浓不见村。
乔木森森楼阁露，满山苍翠碧云屯。

八隔同沟

井田之制已茫然，对此如游三代前。
要识祖宗勤力稼，更期无颇亦无偏。

双港分流

清溪浅水忽分流，各自沦漪各不侔。
万派争趋胥一本，要论宗祖到源头。

峻岭横斜

艰难高步岩登天，数武横平庐舍前。
脉络於斯大结束，兴来奋足接云烟。

八隔同沟

原田鳞比焕晨瞰，八隔平分垂旧痕。
卦画天然勤服稼，共承水利有年轮。

犀岩夕照

正尔灵犀名此山，点头能化石头顽。
夕阳挂壁光茫遍，疑是朝晖兴自闲。

乌岩朝晖

岂有飞来卓立冈，天然石色肖青苍。
峻鸟未是又疑是，旦复旦兮照里乡。

崇山凹凸

层层峰列层层环，凹凸不齐盼不闲。
曲折盈虚参天紫，明月团团日暮间。

犀岩夕照

青山一角似灵犀，分外呈奇日向西。
倘遇温峤燃照怪，不教世路有离迷。

乌石朝晖

黝然片石在山前，日挂扶桑色正鲜。
文石征祥应讬取，古隃糜己吐云烟。

崇山凹凸

凹凸山奇字亦奇，象形文字最堪思。
苍史巨灵俱费力，特留异迹到今兹。

石恒照（清）

坦头背

峰峦直落透禅关，家住坦头石背间。
屋少差能宽眼界，纵观绿水与青山。

麦山

脉垄萦回普福关，村居岭畔半腰间。
烟收雨霁双眸豁，见尽东南万叠山。

朱坑

烟居寥落枕山幽，厥象浑如一棹舟。
任汝频摇都不转，要偕天地庆同休。

潘观睿（清）

坑冶

境似蓬莱雅气清。居人千古不知兵。
一条绿水家为岸，四壁青山嶂作城。
地僻都无尘俗染，村幽惟有好风迎。
门前绿竹猗猗秀，溪畔乌岩点点明。
渔父投竿披月钓，樵子伐木趁云行。
避秦此地应称最，谁议桃园莫与京。

潘观浚（清）

石佛岩

佛欲将人度，偶尔见凡身。
宇宙几立遍，绝少能离尘。
寂然归洞府，过此碧岩寻。
概世无人识，顿足坐留真。

五叶莲花

我与亦天高，逍遥低五岳。
道人说与游，放眼穷寥廓。
大慈昔救世，莲花履双足。
坠下五叶莲，周围峰顿作。

朱占元（清）

后山狮踞

何处飞来势峥嵘，天然形象本天生。
原非虎豹常蹲踞，赛过蛇龙永著名。
神兽端由天地设，吉星自是古今呈。
方隅得止真奇特，何必王维图画精。

景宁古诗

鹤溪诗路

前溪鱼跃

前溪春水涨泉原，无限鱼儿逐浪奔。
化育流行都自得，天机活泼又何论。
非因贪饵出游泳，却为餐花任聚屯。
莫为飞腾终怅望，风云际会快龙门。

朝山落凤

遥舒两翅仰朝山，落凤赐名非等闲。
览德徘徊峻岭上，来仪倒影白云间。
山川钟毓何逼肖，苞彩成文我欲攀。
更添凤尾摇金碎，满眼岚光豁新寰。

水口如屏

高列奇峰何所名，环罗水口系生成。
乡村自昔凭保障，造物原来弗经营。
一片横斜当户牖，两山排闼赛方城。
屏藩自是称佳景，胜入桃园洞里情。

周　翔（清）

高楼锁顶

间凭楼顶识京观，父老私随说保安。
树暗人家灯影远，窗踝竹几月弥寒。
阶庭无主知苔滑，信宿有缘到夜阑。
从此梯仙怀好侣。自拟身在白云端。

横山抱水

何处飞来石骨横，崭然雄峙自天生。
朱坑春水波涛壮，碧嶂朝岚体势平。
回望忽迷泉去逸，翻身方见斗移轻。
炊烟树底冲寒出，夹着流云竹里行。

周胜骃（清）

修竹含晴

晓来啼鸣唤声声，两岸修篁一缕晴。
凤尾摇风山径乱，龙孙弄影水波清。
青分楚苑同舒秀，翠比淇园兽吐英。
合与此君论气节，拟偕金石抱坚贞。

五马驰风

造物功能信在兹，一山陡起一山驰。
嘶风应是来胡马，流象因教走土陂。
蟠踞有神征地壮，奔腾尽态见形奇。
何须更觅莲花景，始惬寻芳片念痴。

徐山即景

云山四面一龙蟠，暇日登临尽可观。
拱峙层峰凝翠黛，潆洄带水漾清澜。
民追怀葛风崇朴，村比朱陈世缔欢。
偶作新诗深景慕，吟来犹取酒杯宽。

夏日田家词

农家物候最关情，夏令维新布谷鸣。
差喜今年祈社好，浴蚕天气间阴晴。

隔溪南北几人家，高下平畴尽树麻。
野老相逢频问讯，芃芃嫩叶密交加。

麦秋乍届喜新晴，匝野黄云一望平。
九穗两歧占瑞兆，乡民鼓腹颂丰盈。

缫车未歇正分秧，四月乡村农事忙。
插后南风吹几日，蝉鸣又报稻花香。

过桃花岭

直把银场作战场，谈来时事倍凄凉。
可怜士卒成乌合，一任妖魔逞犬狂。
骸骨深缠秋草碧，烽烟漫接晓山苍。
桃花古隘称雄险，谁共吾民设保障。

巳未赴围感作

空山寄迹感清寥，忽报槐黄我友招。
村店屡逢秋瑟瑟，关河惯听雨潇潇。
烟霞应入新诗纪，块垒还凭浊酒浇。
抚剑宵深长太息，雄心犹觉未全消。

围中即事

棘围鏖战集哗然，适值涔涔滞雨天。
辛苦备尝经五度，光阴易逝悠三年。
鸡群谁擅王戎鉴，鱼贯争挥祖逖鞭。
迟速功名关数定，新诗奏事献帘前。

万间矮屋上灯初，寸晷风檐应惜予。
拍案奇文夸卓荦，挥毫妍句骋纡徐。
丝抽乙乙蚕成茧，典集纷纷獭祭鱼。
漫道文章无定价，凌云奏赋有谁如。

槐黄过后菊花前，节近重阳放榜天。
丹桂云中攀可许，白袍门外立堪怜。
点头方合主司意，刮目全凭造化权。
一自品题佳士出，声名万古竞流传。

登明远楼

层楼五度喜重登，赖有凉风散郁蒸。
南北高峰凝暮霭，东西矮屋上宵灯。
侧身天地蓬庐小，放眼江湖烟水溦。
健翮盘雕秋色好，会看云路试飞腾。

陈瑞隆（清）

鹤溪感怀

拓开胸次十分宽，复雨翻云任百端。
世态正从贫后阅，人情还向冷中看。
花含幽意颜应淡，月足清光骨自寒。
但得村醪随意饮，古今只有醉乡安。

雪鬓霜发日渐侵，正须行乐事幽寻。
坐闻溪柳莺声巧，醉看庭花月影深。
自古监贫无国手，于今消俗有博心。
问中得句成佳趣，不吝樽前拥微吟。

支离天教作闲人，笑傲由来率性真。
堤静莺呼眠柳梦，窜虚山送隔溪春。
尊中有酒何须富，花下能吟未是贫。
兴世无营休白日，久同鱼鸟共相亲。

壮志初怀待晚成，谁知种种鬓毛生。
此中但可饮醇酒，身外何须着令名。
瘦骨苦吟花亦笑，衰颜嗜学眼犹明。
原来寿栎非材木，始信天公奉物平。

秋入山齐爽气新，老翁随分乐天真。
池边濯惯鱼应识，花下吟多鸟亦亲。
书拙自知工未足，诗艰常怪腹仍贫。
醉乡深处华胥国，许我遁消作散人。

金士衍（清）

【金士衍】字允升，号金磷叟，浙江镇海人，清举人，光绪二十六年任景宁县训导。工诗词，著《淡静庐诗》四卷。在景宁任训导期间，体察当地风土人情，写下《景宁杂诗》二十四首，颇具竹枝词的诗风。这些诗作，不仅为景宁文化增添色彩，而且为了解清末景宁县情留下真实的史料。

野寺

破屋荒凉三五椽，一僧头白话门前。
寺无积产生机拙，脱却袈裟自种田。

丁丑除夕

六街人语正喧哗，我为家贫债未赊。
闲与荆妻无一事，手持湘管赋梅花。

过岩滩

汉室江山付水流，云台胜迹亦荒丘。
今朝俯仰岩滩上，独觉清风万古留。

重过桃花岭

借问桃花开未开，扶节岭上少徘徊。
旧居停倚山楼笑，说道刘郎今又来。

书斋即事

白云红柏绕幽居，晓起推窗静读书。
竹径晴烘冬日暖，梅林寒锁晚花癯。
倦支欹枕听山鸟，闲拾余餐饲沼鱼。
扫却俗尘都不管，翛然物外遂吾初。

旅馆题壁二首

萧萧四壁且留题，此去同人莫谩诋。
一片荒山无竹实，凤凰憔悴不堪栖。
一官匏击七年余，检点归装自笑予。
无鹤无琴何所有？一船明月一箱书。

甲寅除夕

手持壶觞饯岁除，日驰月骤不居诸。
一筐蔬菜充珍馔，数点梅花开敝庐。

景宁杂诗二十四首

青山罗列若城环，不见环城只见山。
行到偶然山断处，城门虽设未曾关。

山上多栽杉与松，绿阴叠叠复重重。
游人行向林间过，时觉山前雨意浓。

略见平沙便作田，一锄烟雨碧溪边。
高畴无旱低无潦，万口齐呼大有年。

县官有署傍山坡，一曲青溪门外拖。
政简刑清民意朴，讼庭寂寂落花多。

山椒卜地建簧宫，歌咏先王雅与风。
释奠仲丁昭大典，子衿齐集鼓逄逄。

为虑岩疆伏莽深，特教武弁镇山城，
舆薪杯水成何用，仅有防兵十一名。

鸦峰山下景清奇，书院经营此最宜。
肄业士多三舍满，得无增给诵弦资。

此间谁是众人钦，第一看来在子衿。
考贡若成恩拔岁，一时声价媲词林。

大刀磴石百钧弓，民俗由来重此风。
乡榜近年多获隽，连添两位解元公。

深山夜半忽鸣锣，疑是乡村剧盗过。
谁料病家延道士，持刀明火逐妖魔。

县署前称热闹区，数椽列肆杂民居。
山人近市持筐过，只见葱蔬不见鱼。

朝来柴担满村墟，谁说薪柴桂样如。
米饭人家尤罕见，半资苞谷半山薯。

日中无市可经营，鸡凤鱼龙素著名。
今日肉铺新豕宰，沿街招卖大钲鸣。

数家烟火自成村，垒石为墙白板门。
民俗除将耕耨外，一年生计在鸡豚。

秫酒花猪堂上陈，陈朱两族缔婚姻。
钗荆裙布箱笼好，嫁女夙规尚朴淳。

迎娶新娘礼甚便，竹舆挂彩两人肩。
日陈肴酒二三席，分宴宾朋四五天。

丧事人家最可哀，纸幡草荐薄棺材。
每逢长至节相近，入骨磁瓶土葬来。

每届春秋助祭来，大家祠宇一齐开。
子孙受胙纷纷集，首座巍然推秀才。

高蟠鸠结异恒人，短短衣衫不蔽身。
赤脚蓬头麻布服，终年作苦是畲民。

此邦土物向来稀，略产香菇品不低。
更有茯苓兼白术，盛名流播浙东西。

惠明山上惠明茶，未届清明已发芽。
活火清泉亲手煮，色香兼味尽堪夸。

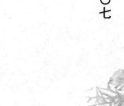

碧山深处茁兰芽，春日芬芬品足夸。
一箭数花名蕙草，每逢秋夏发奇葩。

一种奇蛇药品珍，头生双角体生鳞。
时当子午方开眼，除却斯时眼不明。

大西门外一高墩，尚有浮丘古迹存。
道是当年垂钓处，今朝风雨冷荒村。

吴氏宗谱（清）

仰天湖

仰天湖内水汪汪，常使云龙倒影藏。
纵没鱼歌来互答，岂无麟凤屡呈祥。

任　涛（清）

从大漈过东岱回县

粮输无个事，整顿便言旋。
溜转声弥厉，山廻路亦圆。
俯看千尺树，踏破万重烟。
不爱蓝舆稳，梯云直近天。

唐缊（清）

景宁风景

地僻疏林合，茅亭曲径遥。

春云飞不定，随意抹山腰。

山空水自流，树老风愈劲。

落叶满秋亭，溪云澹天影。

潘钟俊（清）

早稻田留学七子送乡友叶仰高君回国

饯饮瀛洲别恨绵，同乡返国庆君先。

电车疾驶移佳景，汽笛长鸣散远烟。

壮志冲霄追日影，前程破浪隔天渊。

鹤溪众友殷瞻仰，后此归来附执鞭。

民 国

周德昌（民国）

浮丘沐鹤泉

为养双亲自学医，分余济世不人欺。
灵台善悟机枢澈，妙手回春妇孺知。
鸠杖临阶看绕膝，蟠桃举案庆齐眉。
堪微调摄送夫福，耄耋期颐券可持。

浮丘沐鹤泉

沐鹤泉流旬复旬，清溪几度见清人。
浮丘把钓成陈迹，康乐行吟偶写真。
庸士谁甘彭泽隐，高风徒羡伯夷贫。
惟君素位栖林麓，作伴烟霞六十春。

潘 剑（民国）

洞天门

评来月旦费经旬，翁览文坛一老人。
沐鹤溪边招鹤隐，洞天门内养天真。
胸无崖岸方为贵，家有诗书不算贫。
兰桂盈庭齐舞綵，桃觞竟祝太和春。

沈锵鸣（民国）

浮丘浣沙溪怀古

浣沙溪水泛西东，今昔分流迥不同。
休说浣沙溪往事，溪头石焖碧潭空。

花开花落逐泉流，兔走鸟飞几度秋。
谢客多情今在否？空教韵迹溯前游。

浮丘古井遗迹

世界沧桑换，古今顷刻殊。
当年香橘井，此日贱泥塗。
石甃痕独在，泉枯影模糊。
谁能思旧泽，一为濬尘沽。

孙英九（民国）

鹤水流声

空潭细浪自廻还，每向渊边觅薜斑。
放鹤当年已杳杳，溪流今日自潺潺。
松涛响应声逾壮，石激波冲韵为阑。
更乘长风扬万里，浮槎到日莫辞艰。

残狮毓秀

山肖金狮对彩球，穴前频戏几时休。
风吹古森旗光动，草拂垂彤瑞霭浮。
心地馨香原不偶，佳城钟毓记无由。
况今雨露逢清世，润泽单推第一流。

伏虎钟灵

伏虎然然消捍芒，各山幽雅自苍苍。
藏牙只为钟灵切，缩爪偏因蕴美忙。
飞鸟倦还惊骤落，牧童归晚认仓惶。
和平谁不滋厚福，文蔚宁看沐宠光。

风水桥

平列三山景象饶，风藏水绕架廊桥。
一条长倚雁凝齿，半幅斜拖虹挂腰。
锁切人文沾雨泽，灵门秀气待旁招。
文昌昨夜开金箓，指点蜚英达圣朝。

瀑布怀古

轻烟淡淡瀑濛濛，半挂悬崖半映空。
似布未知谁剪得，裁成锦绣耀寰中。

龙舌喷珠

何须颔下问探求，舌上明珠喷不休。
自是地雷川献媚，飞来万斛那能休。

伏虎钟灵

那得山中伏此山，灵钟天地自安闲。
牧童睡起朦胧眼，漫讶即游凤阙间。

吴成济（民国）

鸡冠山

晓筹报处筹重阊，挂览朝天鹤立尊。
假以善鸣应起舞，洛岚净扫捧朝暾。

徐应麟（民国）

鸡寨朝烟

起舞晨鸡早，烟霏一道青。
渐看晴旭上，欲报晓筹停。
雨晦天全食，云栖古不停。
谈无密发白，遥展翠微屏。

史图博（德国学者）李化民（民国）
"敕木山畲民调查记"中记述

【史图博】德国人，解放前任上海同济大学教师，业余从事民族学研究。1929年夏天和李化民到浙南和闽北，对浙江景宁县敕木山等地的畲民作了调查访问，写下《浙江景宁敕木山畲民调查记》，记述畲民栽茶、采茶、品茶的农耕生活。《喝茶时唱的歌》描绘了畲民以茶待客，热情好客传统习俗。

喝茶时唱的歌

一

人客落寮就面坐，一碗浓茶无须讨，
行路口燥忖茶吃，心里想来吃已多。

二

茶来吃了心头凉，一碗浓茶毋须讨。
茶来吃了带你眠，身盖金被花里临。

千峡诗路

伞船渡急，至善至美；
谢鲫对诗，诙谐幽默；
千峡移舟，渔歌唱晚；
炉西探险，奇石怪峰；
郑坑梯田，十里飘香；
畲俗化石，时光隧道。

晋　朝

谢灵运（晋）

过白岸亭

拂衣遵沙坦，缓步入蓬屋。近涧涓密石，远山映疏木。
空翠难强名，渔钓易为曲。援萝聆青崖，春心自相属。
交交止栩黄，呦呦食萍鹿。伤彼人百哀，嘉尔承筐乐。
荣悴迭去来，穷通成体戚。未若长疏散，万事恒抱朴。

景宁古诗　千峡诗路

宋 朝

秦 观（宋）

千秋岁

　　柳边沙外，城郭轻寒退。花影乱，莺声碎。飘零疏酒盏，离别宽衣带。人不见，碧云暮合空相对。忆昔西池会，鹓鹭同飞盖。携手处，今谁在？日边清梦断，镜里朱颜改。春去也，落红万点愁如海。

注：选于《淮海集》。

明　朝

刘伯温（明）

【刘基】（1311—1375），字伯温，晚号犁眉公，生于青田县南田武阳（今属文成县）。明代政治家、军事家、文学家，17岁师从郑复初，在处州和石门洞读书。元统元年（133）中进士，历任江西行高安县丞、浙江儒学副提举、浙江行都事等。元至正二十年（1360），应朱元璋邀请出山，协助朱建立大明王朝。明洪武元年（1368）任御史中丞兼太史令，三年（1370）授弘文馆学士，开竭运守正文臣、资善大夫、上护军，封诚意伯。追赠太师谥号文成。著有《郁离子》、《覆瓿集》、《犁眉公集》等，后人编其为《诚意伯文集》20卷。

丙申岁十月还乡

溪上寒山淡落晖，溪边风送客帆归。
故家文物今何在，平世人民半已非。
华发老翁呼进酒，蓬头稚子笑牵衣。
自嗟薄质行衰朽，未靓明廷赋采薇。

风急霜飞天地寒，草黄木落水泉干。
千村乱后荒榛满，孤客归来拉泪看。
野宿狐狸鸣户外，巢居烟火出云端。
黍苗处处思阴雨，王粲诗成损肺肝。

故园梅蕊依时发，异县归人见却悲。
花自别来难独立，人今老去复何之。
未能荷锸除丛棘，且可随方着短篱。
等待薰风暄暖后，枝间看取实离离。

手种庭前安石榴，开花结子到深秋。
可怜枝叶从人折，尚有根株为客留。
枳枸悲风吹白曰，苕华高影隔青丘。
坏垣蟋蟀知离恨，长夜凄凉吊独愁。

舍北草池寒巳枯，草中时复见菰蒲。
滥泉觱沸无留鲋，弱藻蒙茸不系凫。
绿叶红花空代谢，春蛙秋蚓任喧呼。
窥临最忆琴高鲤，腾驾风雷定有无。

小舟冲雨清溪上，雨密溪深宿雾昏。
游子到家无旧物，故人留客叹空尊。
荒畦蔓草缠蒿草，落日青猿叫白猿。
语罢不须还秉烛，耳闻目见总销魂。

五载辞家未卜归，归来如客鬓成丝。
亲知过眼还成梦，事势伤心不可思。
且喜松楸仍旧日，莫嗟闾井异前时。
修文偃武君王意，铸甲销戈会有期。

晚同方舟上人登狮子崖

落口下前峰，轻烟生远林。云霞媚余姿，松柏澹肖阴。
振策纵幽步，披榛陟层岑。槿花篱上明，莎鸡草间吟。
凉风自西来，飕飕吹我襟。荣华能几时，摇落方自今。
逝川无停波，急弦有哀音。愿瞻望四方，怅焉愁思深。

王汝霖（明）

【王汝霖】景宁人。

石埠坑之荷峰远眺诗

万壑奔如飞，突见危峰起。苍翠有无间，新荷泛中趾。
林翳迷参差，星辰近咫尺。俯看川野分，胜或匡庐拟。
暮鸟相与还，群山一齐紫。怀哉髯蘸吟，九华蓄壶里。

殷云宵（明）

【殷云宵】（1480—1516），字近夫，号石川，山东阳谷县寿张人，明代文学家、理学家。明弘治十八年（1505）进士，正德六年（1511）七月任靖江知县，次年底调任青田知县，擢授南京工科给事中。平生雅志诗文，为武宗朝"十才子"之一。著有《石川集》、《明道录》、《寻乐客对》、《四库总目》等。

金田山

十月来游已后时，菊花岩畔尚残枝。
空持薄酒凭谁醉，斜倚寒峰却自悲。
深谷悠悠云独往，荒林如此鸟何之。
眼前霜露增愁思，欲向山灵问紫芝。

登均川大士阁最高峰

巍峨杰阁俯层巅，与客登临夕照边。
槛外藤牵依水榭，竹根人语过溪船。
歌声似向云中唪，山色真同画里传。
更好夜深明月上，披襟小坐倍悠然。

登大士阁

小路崎岖景自幽，独凭栏槛豁双眸。
一湾绿水潆村落，四壁青山拱佛楼。
宝座焚香通极界，慈航济渡驾扁舟。
半生素抱登临志，得意何妨旦夕游。

登大士阁

天外昂头石磴通，巍然杰阁枕溪东。
澄潭淼淼深千尺，应是鱼龙变化中。

又登大士阁

直上层峦一径通，危楼突兀瞰西东。
四面云山凭远眺，登临恍在画图中。

李肇诗（明）

坟树围青

扶疏乔木荫坟前，是宋是元不计年。
吉壤千秋留美种，世家德泽自绵绵。

张凤翔（明）

题滴水岩

悬崖高旷俯溪流，更有飞泉挂上头。
来往行人频坐憩，明公好句历千秋。

李兆光（明）

深滩雪浪

神工琢削俨天成，滴水岩前高屋擎。
骚客游人休憩便，悬空瀑布认分明。

钟夏嵩（明）

伞渡春涛

古渡春雷动，桃花浪欲生。
片云三岛远，孤屿一潮平。
树绕神仙国，溪通锦绣城。
横舟频击楫，莫负济川名。

清　朝

王懋功（清）

【王懋功】云和人，清时明经。

石埠坑之豸尖览胜诗

景开间阖势峥嵘，众壑奔驹战雨声。
谁把山形嶷豸伏，天教特地作干城。

陈元颖（清）

大吴山响崖

何处嘈吰响似镛，大吴山侧吼喁喁。
试来清韵交相应，何必髯翁辩石钟。

滴水崖诗

悬瀑溅流滚滚飞，四围滴水走珠玑。
行人六月崖间坐，透骨凉生换夹衣。

大均观音阁

树色匀匀山色嵘，平分风月两盈盈。
月临均水潭无底，风入观音阁有声。

孔宪采（清）

岭里屏风山

丹梯一千级，直上翠微巅。
木落群峰瘦，亭高绝壁悬。
流泉通丽水，远翠湿芝田。
我欲乘风去，洪崖笑拍肩。

岭里羊巘山

一叱千头起，千峰一径环。
晨光忽以上，石隙晌成斑。
排闼延秋爽，披云认旧鬟。
卧游清兴足，卜式计应删。

龙潭秋月诗

照来飞兔影，知有蛰龙吟。
暗穴窅通海，空山何处琴。
沉沉方静夜，跃跃动秋心。
莫漫泥蟠笑，崇朝沛雨淋。

姚成济（清）

岭里鸡冠山

晓筹报处筹重阍，挂笏朝天鹤立尊。
假以善鸣应起舞，浮岚净扫捧朝暾。

徐应麟（清）

岭里鸡寨朝烟

起舞晨鸡早，烟霏一道青。
渐看晴旭上，欲报晓筹停。
雨晦天全养，云栖古不扃。
谈元窗发白，遥展翠微屏。

叶高耀（清）

层崖瀑布

溅玉跳珠碎复圆，和云飞下碧崖前。
喧豗怒作风雷撼，惊起蛟龙不敢眠。

飞瀑喷珠点点圆，遥从天际深崖前。
蛟龙原向其中化，莫道警狂不敢眠。

陈文豹（清）

【陈文豹】字蔚山、宝山，青田人。清乾隆二十五年举人，任天台教谕。

金田即事

松阴嚣嚣映清晖，疏柳堤边露未晞。
鸟掠林梢鸣得意，蛙蹲莲叶解忘机。
夷犹自觉尘襟豁，疏懒何嫌心事违。
喜有同人耽逸兴，一竿钓得鲫鱼肥。

李恒元（清）

均川即景

群山高耸接烟霞，本是陇西旧世家。
列嶂如屏罗屋宇，环流似带浣溪沙。
悬崖杰阁风光焕，大树围坟日影遮。
前渡刘郎思再至，佛头僧眼敢浮夸。

李鼎元（清）

飞虹亭

一亭空架在岩阴，远客来村未易寻。
倦鸟还鸣情乐尽，飞虹立号意含深。
原防外匪集团务，兹合工民联众心。
境僻林幽堪避暑，高人访胜喜光临。

许之龙（清）

过浮伞渡

古渡盈盈欲问津，相传浮伞旧仙真。
清溪屈曲潆村外，奇石峥嵘镇水滨。
几幅蒲帆风势稳，一篙雪浪涨痕新。
临流何必苇杭咏，胜迹于今纪大均。

李钟祥（清）

杰阁撑云

古木岩边曲磴幽，凭临杰阁俯清流。
仙居久占溪山胜，岚气波光面面收。

均潭映月

清潭皓月一轮开，上下空明绝点埃。
赤壁之游无此乐，泛舟良夜久低徊。

李兆光（清）

洋滩雪浪

放棹长潭五里宽，渡头波急下滩难。
摇篙直欲乘风去，雪浪千层作大观。

屋岩瀑布

神工琢削俨天成，滴水岩前高屋攀。
骚客游人休憩便，悬空瀑布认分明。

首夏偕严峻山游大均谒于滴水岩

首夏意不惬，兼旬苦淫霖。严子厌尘埃，相约入山深。
言访浮伞渡，蜡屐苔湖岑。触目成佳赏，可遇不可寻。
雨余食空翠，夏木立森森。幽鸟自来去，白云无古今。
滴水几时尽，溪水调鸣琴。四山松吹发，如闻太古音。
爱此藤蔓古，坐石咏长吟。藤花知我意，纷纷落我襟。

孙传瑗（清）

游大均潭登观音阁晚宿李翁家

杰阁凌虚起，同来倚夕阳。
晚风净热脑，晴翠湿衣裳。
帆影沉潭静，滩声入夜长。
山翁鸡黍惠，忘却是他乡。

浮伞渡赏红叶再宿李翁家

若无谈走处，严子日相寻。
好鸟迎佳客，寒潭见古心。
一樽白坠酒，十日子桑琴。
于此识真趣，秋山红叶深。

明月几时有，滩声似旧时。
最难霜落后，同醉菊花卮。
倦眼惊秋晚，遥天去雁迟。
登临休恨远，腰脚一笻支。

祝履中（清）

登大均观音阁

半岛疑南海，临高阁势雄。
万山如远黛，一水似长虹。
放眼天为溢，忘怀色即空。
佛光能普照，何以慰哀鸿。

周胜騆（清）

洋滩雪浪

乱石槎枒里，奔流势不平。
雪翻春浪滚，雷扶夜涛鸣。
水气通云气，滩声带雨声。
银河如咫尺，隐隐斗牛横。

屋岩瀑布

石屋呀然启，悬流下碧空。
阴连三月雨，瀑响四时风。
雪霰飞难尽，珠玑泻不穷。
行人休憩处，宴坐气濛濛。

邓　亮（清）

过大均宿溪西

旅店邻溪水，劳人日不眠。
泉声喧枕畔，月色满床前。
秋思潮连汐，春晖云外天。
军书消息好，归路着征鞭。

秋宗章（清）

大均渡口

遥听前滩急浪催，轻鱼稳渡去还回。
千岩万壑争迎客，我自山阴道上来。

钱　谟（清）

登观音阁

奇峰黛色映溪流，拾级登临豁远眸。
避冠我真浮伞至，不群为石镇龙留。
荒滩拒客声如怒，小阁无僧境更幽。
未负带诗呈佛意，地犹净土足清游。

和孙瞿翁登观音阁诗原韵

杰阁登临日，榴花正向阳。
钓翁回鼓枻，仙子咏霓裳。
一曲清溪抱，千樟夏木长。
会逢台馆笔，绘出大均乡。

游大均

西风斜日大均庄，策杖重来醉菊觞。
偃月山村临曲水，凌云佛阁踞崇冈。
丹枫叶老疑霞灿，古渡波圆似盖张。
莫谴彩毫轻点染，世人争觅白云乡。

滴水岩

一岩虚敞草萋萋，藤蔓低垂宛舞霓。
洞脊高飞千点雨，我来漱石枕清溪。

李瑞年（清）

登观音阁

杰阁凌云返照侵，相偕童冠喜登临。
林间曳杖花含笑，树下提壶鸟劝斟。
古迹须乘今日访，新诗且待诘朝吟。
重山到处多风景，何必兰亭曲水寻？

江心源（清）

题滴水崖

万山环绕水东流，瀑布源泉滴石头。
我亦因公来过此，好传姓字几千秋。

李钟祥（清）

和前题

一道飞泉日夜流，珠玑点点挂峰头。
幸逢灵运来题胜，胜迹长留天地秋。

郑绍周（清）

和前题

滴水泉从天际流，恍同雪线挂云头。
何年织女留机杼，经纬乾坤万古秋。

李玉玑（清）

幄岩瀑布

岩前喷瀑溅清溪，仿佛石门碧色迷。
指点云梯高百丈，问谁携手共攀跻。

李光远（清）

幄岩瀑布

岩如帷幄草如茵，宽敞可容数十人。
瀑布真从云外落，珠玑万斛跳频频。

李荣辰（清）

过浮伞渡

光摇水面镜新磨，仙子当年浮伞过。
入夜潭清鱼读月，侵晨风起燕凌波。
寻芳客至留连久，访古人来感慨多。
最好夕阳山外落，数声鱼笛发讴歌。

孙传瑗（清）

再游浮伞渡宿李资仁家调寄月下笛

倒影潭，衔山落日一峰危。苦兰舆睡里，记前度旧行路。滩声野色依稀在，但添了无边红树。谢李翁高谊，连番惠我田家鸡黍。羁旅身何处，怅满眼兵戈，神州焦土。音书间阻，惊鸿去来频数，乱山深处逢重九。又兼得风风雨雨，认一点碧烟螺，浮伞仙人古渡。

景宁古诗

千峡诗路

汪士璜（清）

大均观音阁

峭壁千层峙水中，白衣高阁构危峰。
故乡景色谁相似，燕子凌江欲剪风。

潘　沄（清）

登大士阁

直上层峦一径通，危楼突兀瞰西东。
四面云山任远眺，登临恍在画图中。

浮伞渡怀古

未到均川渡，先把均川顾。
可有浮伞人，时还复我遇。

浮伞渡怀古

我来登阁巅，俯视澄潭练。
想见浮伞人，高踪不可见。

渤海即景

有宋迁乔乔此区，一村烟火属回图。
石龛凝液钟偏秀，带水环波景自殊。
凤向灵岩衔赤日，龙廻渤海吐明珠。
群英漫却梯云路，樵岭依稀接汉衢。

严用光（清）

丁丑春日偕内弟李熙甫登大士阁

峻阁跨崖峙水浔，我来一度一登临。

岩前老树苍而古，槛外澄潭黝且深。

半月村形真入画，连云岫色远含阴。

还将岳峙渊亭意，动静交资契道心。

乙亥季夏偕张梧冈茂才登大士阁

拾级登连曲磴通，流丹飞阁峙崖东。

征蓬荡漾寒波里，新屋参差古木中。

树顶忽翻时雨白，峰头犹挂夕阳红。

归途缓缓游情畅，添得微凉趁晚风。

和严月舫明经登大士阁原韵张凤翱梧莫

峭壁悬崖路曲通，撑云高阁俯西东。

群松苍翠新晴后，列岫峥嵘薄霭中。

渡口鱼翻潭水白，天边鹜带落霞红。

龙冈胜迹留千古，归与舞雩咏好风。

景宁古诗 千峡诗路

庙后长枫

　　灵应庙不知始於何代，后有古枫木一枝，大可百围，高数十丈长，夏之际，枝叶畅茂，绿阴稠密，具参天拔地之观，报赛时会饮其下，可以暑避雨焉。

古庙忘年代，长留一树枫。
托有真得地，结盖直撑空。
泡露枝含绿，经霜叶染红。
影斜秋社散，扶醉颂神功。

一树长枫庙后遮，秋来红叶闹于花。
乡大报赛修时祀，处处豚蹄祝满车。

庙名灵应建前人，一树长枫作比邻。
鹤骨如仙千岁阅，虬枝若画四时新。
培成梁栋应超桂，历尽春秋不让椿。
殷柏夏松同不朽，年年报赛祀明禋。

霜叶红如花，西风战林树。
煖酒迓神庥，醉倒云深处。

梅岘夕照

杨梅岘在村屋后山上，苍松茂密，杂树扶疏，嫩绿深青，四时不改。于夕照衔山时，光射谷口，黛色千层。霞光万道，俨然别一洞天也！

乱山衔落日，返景入青苔。
雾色枝头挂，晴云岘顶堆。
鸦翻斜照下，鹜带落霞来。
仿佛蓬莱近，扶筇日几回。

鸦顶开祥

三峰兀起露烟鬟，鸦嘴俨然集此间。
晓雾笼身迟出岫，夕阳闪背静依山。
钟灵新自鹤溪返，挺秀常教龙顶环。
指点青云梯在目，犹思携伴一登攀。

三峰云处插，鸦嘴状奇亲。
卓立开生面，高楼净俗尘。
成行应得气，如睇总宜春。
奕叶人文起，钟灵信有真。

龙冈叠翠

回龙起伏峙高冈，形胜天然占一方。
飞阁下临浮伞渡，群峦深护读书堂。
凌霄翠黛含晨露，倚岭苍枝挂夕阳。
四面云山同掩画，溪流如带抱仙乡。

古木知何代，高踪溯宋唐。

环冈团紫翠，倚岭郁青苍。

异质成梁栋，奇才炼雪霜。

小亭闲坐久，有客话沧桑。

填树围青

见说牛眠上，苍松杳霭中。

发祥真得地，结盖欲凌空。

叶映苔痕绿，枝翻夕照红。

清明纷祭扫，燕飨颂宗功。

均潭印月

淼淼澄潭一色新，中天月挂净无尘。

波摇金鉴高潭澈，魄濯冰壶上下匀。

伞浮至今流胜迹，乘槎何处访前因。

良宵美景殊清绝，好棹扁舟泛碧津。

浮伞人何处，潭空月色鲜。

蟾光穿巨浪，兔魄濯前川。

上下重轮澈，高深朗鉴悬。

乘槎争汉近，便拟泛张骞。

杰阁撑云

谁构空中阁，孤高半入云。
幽崖含故态，老树发奇芳。
槛外波光泡，檐前曙色芬。
举头蓬岛近，瑞霭接氤氲。

屋岩瀑布

天开石屋枕山隈，飞瀑高悬带雨来。
一任谷风吹不断，常教溪月照无埃。
匡庐练影同妆点，雁荡晶帘费剪裁。
好是消炎留客处，珠玑错落白云堆。

洋滩雪浪

浮伞渡头漾素澜，一波三折下前滩。
雷声阵阵咽危石，雪浪层层涌急湍。
浅筬潆洄晨雾卷，轻舟出没晚烟团。
龙门有路如能到，直作飞腾变化看。

外舍

水陆交衔地，征夫渡口催。
孤帆随鸟到，小市傍溪开。
路指青山外，舟停绿浪隈。
家乡知未远，客思漫低回。

潘钟俊（清）

玉楼春·镇龙岗

岩岗逶迤笼烟村，四季常留春色住。悬崖峻坂辟坳门，怪石危墙通岭路。登临避暑松涛怒，洗尽尘心随水去。迎人好鸟自成行，远骋郊原寻好句。

鹧鸪天·老鸦石

鸦顶崇高上碧霄，三峰并峙脱尘嚣。形成螺髻真难徙，状类峨眉未易描。青嶂骨，翠微腰，登临壮志随烟消。山鸟野花心常在，汉柏秦松质不凋。

大均观音阁

数丈悬崖控静渊，巍峨杰阁倚岩巅。
群山拥抱如屏障，一水萦回似带缠。
景色最幽堪入画，规模虽小适参禅。
此村胜景斯为美，代有高人好句联。

村居即景

群峰高耸郁岩峣，曲径寻芳景色杰，
宅后丛林消暑气，门前行潦涤尘嚣。
通商市远宜耕稼，放牧山深任采樵。
地号杨村纯一姓，从无外族向迁乔。

同前题

寨顶村原峙，双峰竞献嘲。

龙开石作井，燕筑土成巢。

燕雨楼头过，凉风洞口晚。

军严当水道，卓立制潜蛟。

用　昭（清）

均川道中

四顾层峦翠霭新，简舆所至景宜人。

云阴送到千峰雨，暖气薰为三月春。

好鸟啭歌皆入调，繁花竞吐总含颦。

偕行虽未携童冠，触目抒怀乐事真。

佚　名（清）

大均佳境

大均佳境势优游，派出英贤历几秋。

出入巍然乘辇辂，安居迢递起朱楼。

晨昏灯火书声美，早晚壶觞乐韵悠。

最是汤公天上坐，清江一曲抱村流。

郑兰谷（清）

七夕后二夜坐大均溪口

古渡传浮伞，仙踪重一村。
松杉孤阁冷，诗礼几家存。
雪阵翻新涨，金梭隐旧痕。
月明鸥鹭静，伴我憩云根。

游大赤寺

出得衙门百虑宽，烟霞穿尽到禅关。
松萝虬结攒新翠，柏宇翚飞改旧观。
岚气浮空晴似雨，山风吹梦醒犹寒。
小窗独坐清无比，莫怪闲云久恋山。

凤山耸秀

梅山名称作凤山，修竹茂林掩映间。
瑞鸣高岗灵秀发，我村亨运往复还。
巍峨耸峙若天作，振彩腾辉觅阿阁。
飞翔止集众鸟陪，翘仰羽仪云际落。

龟石呈奇

一卷顽石亦何奇，不方而圆无丰姿。
法说点头丘所望，委诸道左莫攸宜。
乃悉湔除绝翳障，恒蹊脱尽留真样。
篆书籀文认依稀，龟灵叩响音浏亮。

犀牛饮水

鹤溪石牛头角全，梅峰犀牛饮溪泉。
层层关锁村户键，应其科甲得蝉联。

狮仔戏球

虎踞龙盘占吉地，抬头恍如狮子戏。
玉爪金毛扑舞来，结穴其间形模备。
犹忆龙灯值上元，火树银花笙鼓喧。
抢球抱珠相辉映，地灵必杰共追论。

莲花消夏

扶筇直上莲花降，避暑纳凉载酒从。
披襟席地忘坐久，纵然酷热不愁侬。
忘忧馆在凤山右，祝融司合逢夏九。
拥朋到此且勾留，消却红尘无数斗。

木笔先春

漫道梅古百花魁，凤山木笔亦先开。
芳枝烂熳惊春早，山村此种实奇瑰。
茂春命名原冠冕，吐凤雄词无敷衍。
初传风信第一番，地得向阳终有辨。

晴湾晚汲

日落衔山烟村晚，崎岖还道羊牛返。
人家汲井香稻炊，相劝努力加餐饭。
冬酿经营未偶间，凭春既罢更殚还。
安排爨火无个事，比户篝灯月照湾。

枫社晨霞

黄昏木叶萧萧下，破晓新霜人赛社。
焚香报答稼登场，其间美景为描写。
曙日霞连子细看，烘照寒林尽染丹。
高树一片光明锦，神坛摆布即吟坛。

李逢禧（清）

张坑下村风景

四山环绕绿漪漪，屋宇村居处处宜。
细雨凝香添秀色，清风送暖发英姿。
桥横水碧苍颜丽，虎抱龙迴景物滋。
善行佳言昭谱牒，相传一脉共宗支。

无题

墩峰叠翠最清奇，秀映人家绿护祠。
更爱乔松操劲节，还欣修竹舞丰姿。
数翻逸韵盈三迳，不尽风光满四时。
唯有石桥迎带水，岭南岭北路分歧。

村居春雨

卷帘漠漠复霏霏，润物无声暖湿衣。
以长溪痕浮蟹眼，其濛院落锁烟扉。
斜添碧沼鱼儿出，密洒朱檐燕子飞。
几阵烟云迷野迳，满身红雨带春归。

村居春晴

睡起纱窗照眼明，朝阳烂漫作春晴。
游蜂趁暖粘花细，倦蝶寻香传粉轻。
竹户开时帘有影，松轩静处梦初醒。
白云半陇闲留住，习习清风入锦城。

无题

衡门一出二三村，四望乔松五六根。
七岗八湾俱竹木，九原十里是田园。
数家烟火同宗族，百亩桑麻课子孙。
绿树青枝千古秀，万山回荫此张墩。

绘书合村全图七律

绘写潏川一幅图，欲描妙处竟难摹。
挥毫点景分田屋，秉笔题山别道途。
松茂竹苞何近似，坑横水落未悬殊。
春生指外风光好，愿望四时恩泽濡。

凤凰名山

村前山乃凤凰名，疑此灵禽宋与明。
束颈拖翎天作合，翻身覆翼地生成。
松为五采毛何密，草作九苞翅不轻。
对我比窗修世系，未闻逸韵衬诗情。

赤金沙龟

天工神妙化龟形，坐镇村庄家自宁。
沙作赤文樟绕绿，竹成朱字背铺青。
倘教水涨身全没，只恨风敲体不灵。
好似负图呈瑞气，长居坎位应文星。

村景

墩峰叠翠最清奇，秀映人家绿护祠。
更爱乔松操劲节，还欣修竹吴斗姿。
景翻逸韵盈三叠，不尽风光满四时。
唯有石桥迎带水，岭南岭北路分歧。

陈以道（清）

甘泉井

天然倾液水盈盈，不受尘埃澈底清。
冷暖年来曾递易，源流世出最分明。
纵非江海均操勺，却拟沧浪可濯缨。
莫道尊祠无丽景，甘泉肇赐以嘉名。

李逢春（清）

无题

两峰迢递拥村来，祠宇新随秀色开。
道溯延平馨俎豆，孝追令伯肃蹲垒。
愿教棣萼当庭茂，喜见芝兰绕砌栽。
好是德星垂照近，青云有路接三台。

程定芝（清）

白岸即景

依山傍水辟林邱，水抱山廻似带流。
对挹青峰腾紫气，平临白岸踞芳洲。

新篁古木苍还翠，涧韵溪声去复留。
更有一般如意处，渔樵耕读度春秋。

策杖回家夕照晖，田头旧址认依稀。
呼童把钓轻丝理，为爱桃花逐水肥。

催耕小鸟唤春风，春入山花处处红。
雾合平畴迷牧径，一声叱犊雨烟中。

平原远眺有人家，一盏孤灯月影斜。
山间清流惊人梦，春声碓响乱飞鸦。

石恒照（清）

汇下库坑吟

四顾青山展画绡，个中腾概十分饶。
渊涵片月开新鉴，粉偃双龙下碧宵。
莺老花残春自艾，鸢飞鱼跃景堪描。
绝怜造物钟神秀，云锁奇峰耸翠翘。

坑冶

痴云敛尺楚天涯，六合回观绝点瑕。
启蛰龙蛇咸出穴，护寒草木总抽芽。
地晴村落家家燕，风暖园林处处花。
极目山光千里外，寻芳公子竞纷华。

汇下村景

拾级步尘纲，人家僻处藏。
耕耘挨岁月，笑傲阅风霜。
诸葛庐虽杳，陶潜径未荒。
个中何意趣，对景爱山光。

外卸

千瀑汇为坑，千坑流入溪。一溪入永嘉，赴海不复西。
小市日趁虚，负戴多群黎。黑棕裹椒笋，青箬包盐齑。
瓯船张风帆，来去如凫鹥。飞泉穿石流，青山与云齐。
虽无留子嗟，种麻尚满畦。我昔此之官，春暮仓鹒啼。
日月曾几何，新秋雨凄凄。回首望荒城，隐约闻鸣鸡。
山居有贤主，汤饼相招携。我亦有田园，言归扶耕犁。

大常

十里大常坂，艰哉此歧路。仄径仅盈尺，曲与危岩互。
左转拒倾崖，右折碍欹树。崩沙渍泉水，沮洳那容步。
舆夫苦延缘，侧进展蛇蚹。窥溪心欲碎，触石足垂仆。
攀枝作猱升，蹜空辄狼顾。秋暑犹烁金，挥汗湿衣袴。
陟阻艰仆痡，行役古所赋。惜无叱驭才，终有垂堂惧。
永怀凛冰渊，出险常瞿瞿。

官渡

溪峻苦湍急，峰高类孱顽。兹村冠一邑，奇秀超人寰。
水旋碧玉镜，山转青螺鬟。山水互辉映，好鸟鸣关关。
佳树叠松桧，芳草罗蘅蕑。野饮就村店，唤渡临前湾。
空翠挹衣袂，凉风解襟颜。雨霁树犹泫，云合峰成环。
昔祖富春渚，扣弦渔渚间。清景倏再过，薄宦天非悭。
何须嗟藿食，乐此须臾间。

金钟

山险得夷坦，缘溪开大麓。居民近百家，鱼鳞列瓦屋。
竹树甚繁衍，楼阁颇连属。黄黍苗始抽，胡麻穗未熟。
兹村昔家温，尔乃食无粥。买斧入采山，余事及穜稑。
危径过悬崖，包山遥在目。寻仇逞雀角，摄治辄狙伏。
民贫惭抚字，俗嚣愧食禄。夕阳下前峰，金碧耀岩谷。
暮途闻溪声，滴沥鸣琴筑。

绿草

犄角对金钟，厥名曰绿草。山容倍郁盘，水势相环抱。
风帆遥出没，翠竹立如葆。民居太星散，屋角挂梨枣。
当门树苞栩，肃肃集飞鸨。林端见佛刹，参差露帘橑。
不闻清钟声，溪流鸣浩浩。鹳岩色丹碧，高欲摩苍昊。
旌旗骇荒村，窥伺杂翁媪。野花颇骈娟，衣巾映綦缟。
是时秋正初，皇天成万宝。芃芃膏阴雨，山田垂早稻。
富岁宜多赖，吾欲告父老。

渤海

枕溪东赴瓯，有集名渤海。合村仅一姓，聚族逾百载。
我来路崎岖，解装时已亥。风遥火明灭，水黑船欸乃。
妇孺满墙头，燃炬窥邑宰。前朝通百货，鱼盐称爽垲。
商市今已芜，里门犹未改。岂惟无鸡豚，至乃阙醯醢。
楼阁昔雕绘，剥落失光彩。牛羊瘠莫收，司牧讵无罪。
夜深聊就枕，飞瀑声磊磊。明发山更高，豫忧仆夫殆。

将军石

岩岩怪石几千秋，坐镇村东号好仇。

苔藓拂时须欲活，风霜历处骨弥遒。

兵谈草木惊螭魅，气作烟云压斗牛。

争似当年逢李广，数奇同慰不封侯。

风洞

天开石穴几多空，个里凉生一线风。

火伞方张寒独扇，冰山遍积暖如烘。

苔封磴道尘氛净，雾锁云关瑞气融。

欲得阴阳调燮理，还将消息问苍穹。

朱国瑞（清）

潴川庙后奇峰

斧劈奇岩异样看，神明据胜拟瑶坛。

清流映带泉湍急，茂树苍茫桂魄残。

性适何须倚竹枕，情怡怡喜坐蒲团。

悬崖突屼真佳景，自是王维画不刊。

景宁古诗　千峡诗路

石门瀑布

天然胜地似龙门，对锁双峰访古村。
水灌岩头呈瀑布，泉飞石峡映幢幡。
珠崖壁立银涛滚，玉镜平铺雪浪翻。
漫道山岩无异趣，怡情讵必酒盈罇。

前溪春水

未记疏通是何辰，绿波一夜又逢春。
泉铺石面矶苔旧，水溢沙滩玉浪新。
每日虽无把钓客，随时恰有浣衣人。
年逢赛社宾朋聚，盥手爱期拜圣神。

大埠石蛙

坐镇朱川号石蛙，千秋阅尽世浮华。
春回不怕狂波漾，夏到还祈大雨加。
有象真如滩里蛴，无心自异井中蟆。
只因性淡忘情欲，渴饮清风饱食霞。

寒潭印月

皎洁明蟾夜气寒，深渊印月两团栾。
才看波水汲於桶，讵料清光又在潭。
恰像瑶池呈玉镜，适同神女献金盘。
不堪酒醉诗人捉，蛟龙敢戏不能吞。

新桥关护

新桥耸立架碧空，对峙双峦锁西东。
阁建魁星添笔砚，灵资文帝显仙踪。
烟腾隔岸连山迴，波影浮岚耀水中。
漫道人工难举就，依然内外两架峰。

架峰拱秀

华表捍门号架峰，中流卓立砥柱同。
面前似犬盘踞稳，背后如屏体势崇。
一水拖蓝朝雾起，群峦叠翠夕阳中。
登临漫说迎眸远，独爱罗星闭北风。

祠后古松

古松未记何年植，老干垂芳自不同。
尚爱云浓三月雨，还看涛响四时风。
恰符银汉飞腾象，适并春潭变化踪。
纵历冰霜蟠屈火，奚须敕赐五株封。

狮尖霁雪

霁尖云净雪灰灰，且喜晴辉拂面来。
一道烟光迎霁景，千层瑶岛碧依然。
松阴顿觉银花散，竹干还忻玉粉迁。
好景维时三山现，浮岚扫尽净无埃。

雳顶晴云

雳顶登临一望宽，霼霼上锁日光残。
参天老树朝岚护，拔地新材暮霭攒。
雾重萦身晴似雨，风凉拂体暑犹寒。
此间静坐清无比，休怪闲云只恋山。

陈麟瑞（清）

梅坑山庄遇雪

青山皓首树麻衣，入望林皋讶昨非。
添得横窗梅影瘦，清香更为入书帏。

寅　　（清）

带水

颀然一曲抱村流，渤海澄清几百秋。
日夜涓涓鸣玉佩，半帆风雨到滩头。

樵岭

屹屹含烟耸水湾，参差古木插云间。
会当绝顶登临去，览尽东西万叠山。

景宁古诗 千峡诗路

一五五

焕　星（清）

次父凤山原韵

凤兮奚自集崇巅，乃以名山历有年。
翅掠神严文彩绚，身淋带水羽毛鲜。
樵峰对耸临无地，沙岱齐擎已近天。
盛世来仪歌舜日，山形确肖列门前。

带水

昼夜潺湲永不休，洄潆似带绕村流。
中多锦鲤生头角，定跃龙门八月秋。

德　星（清）

次汝舟叔凤山原韵

翙翙何来集翠巅，凤兮德盛在当年。
显严竹老衔神瑞，樵岭潭宽浴彩鲜。
入画峰疑分鹫岭，迎风音欲奏钧天。
异时定有名幽鸷，应此冈峦耀后前。

樵岭

此山景不僻，屹然幽且碧。峭作村嶂屏，去天无咫尺。
老树百余年，岩鳞含日赤。其下水潺潺，惊湍危激石。
秀挹十里遥，观者动诗癖。好鸟呼我遊，忙穿谢公屐。
彳亍上层峦，攀藤恐跛躃。弗倦弗思归，归则日之夕。

周兼三（清）

和汝舟先生咏凤山原韵

山形恰肖凤为巘，峙此名区不计年。
雾卷岚头冠始耀，霞蒸岩际彩尤鲜。
于飞阿阁离丹穴，爰止高冈落碧天。
四国羽仪知永固，钟灵笏立满朝前。

何光锷（清）

五显岩

寻料几辈费舒清，五里岩前首屡回。
若简写其苔壁上，天然一幅画图开。

渤海凤山

九苞灵鸟俨相逢，秀气端宜此地钟。
试问羽虫谁是长，镇山不合属鸦峰。

樵岭团青

此邦本可拟桃源，别有奇峰立挺然。
见说居民会避寇，至今犹以寨名传。

带水环波

一曲歌声唱采菱，潆洄带水极清澄。
最宜三五良宵月，约伴同来观水灯。

灵岩肖像

寻幽几辈费疑猜，五显岩前首屡回。
若个写真苔壁上，天然一幅画图开。

仙宫幽憩

从来忠孝即能仙，汤马于今祀事沿。
切怪山川灵秀气，让他巾帼得来偏。

杰阁闲临

上下三层杰阁开，奉神位置信宜哉。
须知孝友兼忠义，才得奎光朗照来。

梵刹廻龙

云气瀺瀺日夕蒸，廻龙一刹建嶙嶒。
诸君莫便眈栖道，努力龙门契伴登。

石龛凝液

大士垂慈遍九州，石龛供奉最清幽。
分明一滴杨枝水，洒向龛中不断流。

陈之东（清）

烈妇行

吾宗有妇出东海，明姿顾盼生光彩。
十八于归颖川门，同心缕结期千载。
画眉夫婿鄙锱铢，一掷百万铜飞蚨。
银烛烧残犹夜宴，晓钟催后尚呼庐。
数年挥霍囊如洗，田宅质完及钗珥。
可怜一梦觉扬州，卷地罡风吹连理。
边理枝摧泉路杳，有女呱呱犹在抱。
霜飞午夜鸟正啼，泪湿重衾天示晓。
含辛忍苦向谁言，惟有贞心报九泉。
石烂海枯名不朽，肯将丧节辱家门。
岁月消縻纺与绩，无奈风波生顷刻。
负米不怜端嫂贫，燃箕竟把焦妻逼。
黄昏归对一灯寒，千回百转心悲酸。
此生此世留何待，拼将薄命自摧残。
为拭泪痕呼幼女，欲语难语心弥苦。
记取阿娘面目真，恐后追思无觅处。
夜深月色映帘襱，自取衣襟密密缝。
出门浩然不复顾，涌身直入怒涛中。
浮沉十日色犹鲜，易衣始觉衣相连。
冤魂恐是成精卫，茫茫沧海憾难填。
吁嗟乎！
人生自古谁无死，闺中弱质乃如此。
阐幽合将彤管扬，秉笔还仗当代史。

凤山耸翠

锵锵自昔昔和鸣，裔衍于今山亦名。
五色文舒云气瀚，九苞艳发野花明。
西行岐下空凭吊，南渡临安几战争。
何似此邦栖息稳，高冈终古乐承平。

樵岭团青

一峰陡绝势嵷隆，俯瞰澄潭澈远空。
雨湿乔林千树碧，山衔夕照半边红。
幽崖渐入鸟相语，石磴斜穿路忽通。
绝项相传曾避寇，百年陈迹付秋风。

带水环波

潆洄带水碧波浮，环绕村前一道流。
练影拖来沙路曲，山腰束断浪花柔。
春风丝绾长堤柳，夜月帆移佑客舟。
最好元宵箫管集，水灯齐放水晶毯。

灵岩肖像

苔衣斑驳近模糊，远眺岩前景果殊。
珠履乍惊名宦立，云鬟偏与美人俱。
烟消朱紫形全露，雨过丹青笔乍濡。
我欲大书镌石上，东山挟妓此真图。

仙宫幽憩

无事仙宫试往还，小桥斜度入云关。
炉烟惹袖红尘隔，花气薰人白昼闲。
夹道乔柯相掩映，忘机好鸟自绵蛮。
客来漫说庐山胜，风景依稀在此间。

杰阁闲临

三层杰阁耸云隈，每一登临眼界开。
槛外桂香风送过，滩头桃浪雪翻来。
凌云剑气辉东壁，射斗文光接上台。
到此不禁诗兴剧，至今谁是谪仙才。

梵刹廻龙

中流矗立峭芙蓉，古刹沉沉起暮钟。
竹迳无人谁放鹤，烟峦有意复廻龙。
溪环寺岭气全湿，云到山门情亦慵。
惆怅栖霞亭畔过，月明不复照孤松。

石龛凝液

翼翼危亭峻岭巅，石龛方正何天然。
十里蓝拖潭下水，半泓碧浸座中泉。
冷涵秋月禅心映，净洒杨枝法界连。
我亦欲来分一滴，小窗点易把砵研。

景宁古诗 千峡诗路

花园怀古

旧时亭馆久荒倾，留得花园今尚名。
茅屋数家村径滑，古垣一带草痕平。
香山埋没春无主，夕照凄凉鸟自鸣。
异代兴衰何足数，莎根蟋蟀又秋声。

栖霞亭忆古松

盖影幢幢耸翠微，至今廻首景全非。
百年鳞甲霜中老，一夜虬龙天外飞。
尘世几回伤往事，寺门此后怅斜晖。
剧怜亮唳孤栖鹤，犹自多情月下归。

龙井寒泉

一法清可沁胸中，寒暑时来碧影同。
那得深山成石窟，谁人费了几多功。

鹰巢奇穴

危巢恍接白云间，只见鹰飞往复还。
石壁天然高耸处，欲登转觉势峻缘。

景宁古诗

千峡诗路

潘乘剑（清）

渤海即景

石液泻危亭，岩岩肖象灵。
仙宫开有径，杰阁列如屏。
凤集光飞翠，龙廻色蔚青。
波环包岸渡，樵岭月冥冥。

景致词

后垄苍翠声乔林，声动天风理舜琴。
彻耳可人清韵处，又闻玄鹤和松音。
蔚霭飘摇狮象势，克荫嗣元世胄兴。
盘环围绕四顾秀，贤良俊杰此中生。

水口雄关

金星峙立水关兰，巍势昂昂声插天。
太乙居前常顾后，宏基肇启产贤良。
多应先灵厥德厚，方凝于是继箕祥。
门兰垒垒宗枝盛，衍庆流芳世泽长。

上　览（清）

村坊

渤海居南叶处根，此名包岸遍人言。
自从我祖迁香后，包岸称为渤海村。

凤山

象自天成山肖凤，前朝早以凤名山。
端栖阁后呈祥瑞，应尔人文出此间。

樵岭山

上覆乔林下急湍，高峰掩映碧潭寒。
晚来骤雨山飞瀑，只许游人隔岸看。

陈金丹（清）

凤山耸翠

何处来仪凤，年年此地栖。
依稀文彩焕，仿佛羽毛齐。
雨滴峦头翠，凤梳树影萋。
高标殊洒落，瑞气现离迷。

石牛眠地

花园朝案形成牛，终古如斯眠翠畴。
非有始皇鞭石法，朝牵暮打不回头。

蜜蜂头

山形两翅似蜂开，非似花间衙退来。
酿蜜无房无户牖，春三不见采芸苔。

天鹅孵卵

太监岭边峰似鹅，雄飞雌伏孵山阿。
山龙变化石如卵，天覆为笼地作窠。

陈　典（清）

瑞雪兆阳初

大地织锦绣，衣林映绿波。
丹枫吹满园，瑞雪兆阳初。

严品端（清）

凤山耸翠

地得天然胜，来仪若凤兮。
花开文彩焕，草长羽毛齐。
人向岐山集，高翔渤海栖。
毓灵应不偶，瑞气现迷离。

樵岭团青

树色团团盖，青葱欲蔽天。

升高凭峻岭，避险有宇巅。

峭壁禽声杂，临流树影连。

何时登绝顶，一览物华鲜。

林景卿（清）

潴川形胜

烟居十亩号潴川，半枕青山半枕泉。

乔木葱葱遮古渡，层峦隐隐护桑田。

龟旋水口常称异，凤振冈头代育贤。

时有金钟能警众，长留湖月印苍天。

陈德星（清）

复钟山

树为虚业竹为枞，风掣疏林逸韵重。

自是洪炉归大造，若非仙手岂能镕。

探字岩

字青石赤缀苍苔，点画模糊风雨摧。

如读岣嵝神禹篆，临摹书法只相猜。

白羊洞

相传古迹半皆真，览胜东寻洞口春。
此地初平原未到，谁知当日牧羊人。

周兼三（清）

凤凰山

何年来此对门扉，想是岐西鸣后归。
山肖灵禽能五色，落霞孤鹜与齐飞。

岩石印

垒然印绶挂旗峰，天地为函云雾封。
岂是相如归赵后，于斯怀璧寄高踪。

必　祥（清）

瞻仰古墓

远年古墓镇村旁，大木成荫日色濛。
一片森林藏祖骨，千秋阴护庇嗣孙。

端木成章（清）

金龟沙

水涨金沙形短长，肖成灵质逐波光。
洛书呈瑞归来日，留镇村前卜世昌。

铁壁寨

峭削层峦巘顶平，前民借此避残兵。
奇关天设万夫阻，铁壁于今著美名。

旗纛山

崎峰簇簇插溪边，松竹摇翻抒卷然。
想是巨灵战胜后，留斯大纛障潴川。

德　樊（清）

白洋洞

古迹流传半是真，欲寻石洞向东询。
黄公未到羊何在，求牧旋疑太古民。

凤凰山

山似凤凰对户扉，潜身垂翅久相依。
树为毛彩花为色，永立村前未见飞。

金沙龟

天施灵质护村乡，坐镇潏川应久长。
未卜浮沉千古事，金龟把守自荣昌。

炬　莲（清）

复钟山

山形圆复白云封，天地为炉铸此钟。
夜半洪音何处响，惟闻逸韵在乔松。

石印岩

石磴高悬方且钧，宛同玉玺造于秦。
苍苔点缀文如篆，风雨时临印色新。

旗纛山

层峦排列纛相宜，簇簇恰如龙凤旗。
日照风迦舒五色，骚人得句赋诗词。

月印湖

潆洄倒泻锦湖平，更觉涵虚混太清。
一月印潭光澈底，徘徊坝上听溪声。

照　莲（清）

复钟奇形

形势天然正且圆，古今都以复钟传。
虽无虚业形惟肖，纵有鲸鱼韵不宣。
逸响何曾惊我梦，余音总未到客船。
孤灯静坐三更后，竹韵松风万籁全。

三湖印月

一湖一月印相符，照到湖中共一模。
玉魄斜侵惊梦鲤，蟾光倒持逐归凫。
横开水面三重镜，连点波心数颗珠。
倒泻潆洄流兑去，伫看金马达天都。

林景卿（清）

凤凰山

自古来仪纪帝廷，潕川山色耸其形。
天将景象摧文运，永不飞鸣为效灵。

三湖印月

古渡斜行有数湖，一湖一月适相符。
竖孺争看湖多月，我说湖天印不殊。

复钟山

山形圆复属何名，警世金钟素品评。
可惜天工虽造巧，未闻敲得早晨声。

金沙龟

水口旋沙一龟形，从来枕水不曾醒。
河图本是兴王瑞，岂亦呈图欲效灵。

沈　镜（清）

金钟复东

非镕非铸巧成天，永复村东亿万年。
纵有擂搥横北郭，古今未听鸣声扬。

玉尺横西

岗横兑向尺相形，遥对村前作画屏。
障护一方长吉地，天然胜境启文明。

文笔插离

一株文笔插离方，墨砚三湖坎位妆。
蘸露常书天作纸，星晨烂漫大文章。

诰轴展比

玉玺篆毕置村东，要认文无太白公。
对照南丁钟矍铄，颁旌早预化天工。

一颗印绶置村东，北阙曾颁御诰封。
展轴无文难解悟，惟观奕世簪缨隆。

徐震唐（清）

鲍岸义渡

厉揭只堪涉细流，巨川端赖有扁舟。
村前一水难飞渡，客到三春每淹留。
利济情深甘独力，苇杭计就建新猷。
於今鲍岸思君德，砥柱常随月影浮。

廻龙古庵

石干迢迢似虎蹲，回头一顾辄朝源。
傍庵有树千重翠，渤海临风浅浪翻。
晓听新钟清古寺，夜看远火点前村。
闲人借问何年创，陈鲍二公手泽存。

霅水花园

自古名园赏洛阳，盛衰代谢曷能常。

空传霅水存遗址，绝鲜奇花播国香。

五柳三槐人自植，千红万紫色何芳。

只因祖德留贻处，数典于今未可忘。

吴德璜（清）

中堡两湾夹突

开中堡里是何年，顺治初间始卜迁。

突拥门前湾夹腋，欣逢地脉吐英贤。

堡得名中

这村那故以中名，七堡斜窥恰得正。

叶李何田刘后下，由斯步去勿多程。

赤坭岱社

社立赤坭岱尾中，经营庙貌坐乾宫。

山形起伏如毯落，钥锁村方岁岁丰。

村口突庙

一突横村口坐东，先人构庙闸乡中。

装成此里神威武，武显文魁土地翁。

祠建旗杆

振族祠能胜七方，居斯六代即争光。
条源未有旗杆立，仅遇周家庙得旺。

坳门古松

长松千载桑青葱，和颜悦色四时同。
干挺拔繁风水保，全在祖先培养功。

村前古枫

庙后群枫似旌旄，深秋霜桑焕红涛。
社民祭祀求丰稔，常佐仙姑护儿曹。
古枫千载叶枝繁，经霜红桑胜如丹。
四时神彩犹松柏，朝霞交映碧云间。

平湖霁月

一望平湖眼界宽，静涵天影镜光寒。
小焉月上瑶空霁，彻夜香风漾碧澜。

十里湖光接远空，夜凉波静蛰鱼龙。
一天霁月相辉映，浑似平铺雪练同。

融公西冈

户外巍峰插太清，浑如簪列势亭亭。
朝朝翠色浮苍蔼，光映楼台十二层。

马仙宫

卢山传古迹，浮伞焕文章。

壁雕今犹在，千古姓名扬。

我族支分近，立庙敬仙娘。

祈保禾黍熟，秉烛又添香。

祠后双株

双株似凤栖，参天干亦奇。

蔽日犹云彩，动月露浓时。

枝茂由根固，千年志不移。

世代钟灵秀，祠孙继鼎彝。

叶　圭（清）

振族祠景

寿邑移居阅数王，丰功首议建祠堂。

坐乾朝巽胸襟阔，水抱山环护荫长。

昔日由来富贵少，於兹始得姓名扬。

左边鸟语驱灾难，后面鸡鸣报吉祥。

旗杆一对门前立，陡续更加世代昌。

朱丹墀（清）

大埠石蛙

娲皇有奇碧，遗蛙以不补。
万古幽人行，风月一齐古。
当作石交看，摩挲日三五。

祠后古松

考谱封何氏，年齐立祠春。
灵根岁月久，老干风月身。
想见祖余暇，华表归来频。

潘临豫（清）

寒潭印月

王母宴瑶池，寒潭深似海。
酒罢落花飞，散作渚天彩。
徘徊出其间，印月长不改。

架峰拱秀

峨峰进紫驼，拱秀见青山。
招月红绣外，见雪白云间。
刘阮逢人处，伯阳法九仙。

景宁古诗
千峡诗路

狮尖霁雪

文殊能服泉，形象白云间。

庐家玉堂辟，江舍琼树颜。

外国常驯养，中华久伏山。

杜希甫（清）

汇下坑

拾级步尘纲，人家僻处藏。

耕耘挨岁月，笑傲阅风霜。

诸葛庐虽杳，陶明径未荒。

个中何意趣，对景爱山光。

石圩村

徙宅谋石圩，石圩爱结庐。

春风杨柳岸，秋雨稻花墟。

话杂侏篱响，情怡秬秠舒。

躬亲耕稼业，窃学古长沮。

土砩坑

烟居寥落枕山幽，厥象浑如一棹舟。

任汝频摇都不转，要偕天地庆同休。

坛头背

峰峦直落透禅关，家住坛石石背间。
屋少差能宽眼界，纵观绿水与青山。

麦山

脉垄萦廻普福关，村居岭畔半腰间。
烟收雨霁双眸豁，见尽东南万叠山。

游油田普福寺秋兴

逸兴平分纵辔行，一鞭秋色万峰晴。
鸦栖远树添新意，雁度孤云落远声。
霜薄板桥初日澹，花飞古院午风清。
游人亦被村醪醉，染得枫丹处处生。

汇下坑前草木丰，溪泉泻玉更玲珑。
长如凤尾多修竹，化作龙鳞有古松。
花复茅檐窗户秀，人耕绿野雨烟蒙。
村居直上同阶级，几曲山塆一路通。

卓立群峰号石圩，探奇选胜得安居。
两溪碧水清堪挹，四壁青山画不如。
陶穴生涯增器物，仙岩古迹拱门闾。
苍松种作龙鳞老，护卫村前柳亦舒。

爱居尔室几层楼，坦背龙骑生地留。
峻岭横斜艰步履，崇山凹凸转清幽。
田间绿树窗前映，郭外碧溪石上流。
静听钟声闲眺望，奇峰罗列豁双眸。

此地如何号麦山，南凤四月遍田间。
门前选胜斜阳近，郭外呈祥黛色环。
翠竹交加梅作伴，苍松挺秀鹤常还。
凭楼闲眺平畴里，疏影苔痕水一湾。

赤土砾坑是地名，闲观水秀并山明。
峰峦峻耸层层起，草木精华色色呈。
树里蝉鸣开雾景，门前鹊噪喜新晴。
晚来霞蔚云蒸处，图画天然一幅横。

玢　　（清）

凤山

高冈载咏凤凰鸣，因得灵山赐此名。
沙岱千尽腾羽翮，仙岩五彩系冠缨。
光仪来自大皇地，秀气长存君子城。
我亦管中窥见豹，归昌欲共贺承平。

樵岭山

峻岭层层俯碧潭，潭空倒影浸山南。
冈连飞凤余残照，磬度廻龙见佛庵。
古木阴中歌好鸟，晴烟散处剩孤岚。
传闻避寇遗留迹，一度登临一细探。

煜　廷（清）

凤山书院怀古

塾址今犹在，名垂几百年。
鹅湖堪共慕，鹿洞可同传。
回首衣冠集，伤心市井迁。
悠悠遥望下，复古冀高贤。

祠堂古柏

森森阅尽百年春，老干扶疏不染尘。
得此后凋君子质，回图庙貌永生新。

汝　舟（清）

凤山

分明彩凤立高巅，不啄不飞千万年。
夜雨细涵双翅湿，晓风轻拂九苞鲜。
危峰耸拔青连汉，峻崿峥嵘秀插天。
一带溪声缠翠麓，邕邕雅韵奏山前。

五显岩

剥蚀苔衣画里传，青黄紫赤互争妍。
神称五显岩齐显，始信天工万象全。

水仙洞

玲珑洞穴深，溺水群灵聚。
寂寂罅迎波，燐燐光映浦。
篙声沓往来，仙迹传今古。
结佩合琼瑶，含情谁与语。

衡 （清）

凤山

山形肖凤象文明，有凤名山山则名。
见说岐西会应瑞，灵钟此地树风声。

水仙洞

巉岩洞侧水洋洋，中有神灵笑语长。
个里不输蓬岛胜，小仙应尔任徜徉。

四时山居

鸟语花香春画，批风抹月幽情。
但得此中真趣，何须身外浮名。

几个幽篁庇暑，半池香芰迎风。
午卷安眠北牖，华胥路熟频通。

竹腹清泉泻玉，庭前丹桂堆金。
花下观书啜茗，悠然太古初心。

雪径浑无客到，椒浆喜有妻藏。
频着地炉兽炭，团栾儿女行觞。

凤山耸翠

一径凤山深，晨昏翠黛侵。
高冈藏迹密，管领是祥禽。

樵岭团青

樵岭盘空起，浓青一色分。
登梯如直上，绝顶气团云。

景宁古诗
千峡诗路

灵岩肖像

精灵天外结，峭立见兹岩。
审象真如肖，高踪不隔凡。

仙宫幽憩

古木挺扶疏，飞腾近紫庐。
宫来仙迹憩，尘土辟幽居。

杰阁闲临

抱阁水潆洄，巃嵸俯岸隈。
周围城内外，杰出脱尘埃。

梵刹廻龙

郁郁锁龙宫，圆光梵刹空。
廻环皆幻相，僧卧白云中。

石龛凝液

剖破青山腹，琼液滴万斛。
凝为六月水，好散晴天霖。

卢敖笋

郁郁卢溪山，清清卢溪水。中有太古洞，临流倚山趾。
卢叟爱幽栖，名与山终始。崖畔多此君，潇洒无与比。
风生自拂尘，月影散青绮。下疑有蛰龙，训伏幽崖里。
忽闻春雷声，戢戢角耸起。外里青玻璃，中蕴玉肤美。
其味甘如饴，其状大于枳。异种自天生，谁中隶乡史。
佳物待人传，黄花馨栗里。濂溪与东陵，连芳瓜亦旨。
仙翁去不还，高风千古峙。可望不可即，烟凝暮山紫。

邓　昆（清）

庙后奇峰

几度徘徊仔细看，峥嵘直上讶仙坛。
云飞石凳秋崖爽，竹撼铜陵夕阳殷。
人迹罕逢凌绝顶，炊烟常护逗层峦。
荡胸我欲频来此，携榼登临壮大观。

石门瀑布

嵯峨峭壁对山村，中有飞泉激流奔。
白练千寻依树落，明珠万斛带云翻。
穿岩浪逐松涛涌，击壑声随竹籁喧。
延拟青出遗胜迹，烟波尽日映柴门。

前溪春水

一带溪流倏转新，年华此度又逢春。
绿波触处滋苔滑，红雨飘时逐浪匀。
大埠风和来浣女，新桥日暖遇游人。
桃园不外个中境，昔日伊谁始问津。

大埠石蛙

天然石质号为蛙，自是生成不漫夸。
年凭纪椎同月兔，形容细认肖蛤蟆。
狂澜怒泼看疑动，大雨交临听似哗。
胜地从来多异迹，灵钟独秀著英华。

寒潭印月

山溪照月两团圆，天上人间一样看。
疑是龙宫呈玉镜，讶为王母洗金盘。
疏风触浪光浮碎，青影摇波韵转寒。
皓魄临空千里共，谪仙当目捉应难。

新桥关护

双峦隔水势微空，仁构新桥补化工。
阁对溪山横巨浸，星灵文帝署灵通。
秋岚断处初来雁，夜月上时倏映虹。
尽日登楼看不厌，万山云水有无中。

架峰拱秀

一境奇观独架峰，回环水口拱华封。
参差树影如栖凤，变幻云迷讶伏龙。
夕照移来螺点白，朝岚散处黛痕浓。
行人此际疑无路，不信烟村瞥面逢。

祠后古松

直干惊天松质古，坚贞不与众枝同。
几经霜雪螺痕叠，多历岁寒翠影空。
世代应非秦汉后，形容适肖画图中。
化龙飞去应有目。芳躅岂常寄草丛。

狮尖雾雪

瞥眼山山晓霁开，寒凝叠嶂雪犹堆。
岩松雾引银龙去，石凳云消玉鹤来。
碎掇环花铺竹坞，遥看素练逗林隈。
岚光漾出直清景。万里森罗不染埃。

雱顶晴云

巍峨孤耸出层山，一片白云独去闲。
晓雾开时舒凤翼，朝岚散处映螺鬟。
岩穿白练随风卷，壑起青绡带雾环。
绝顶扶摇看更上，彼苍借此易登攀。

朱丹墀（清）

石门瀑布

我取庐山瀑，移在此地间。
时将一川石，泻出群玉盘。
练百香花散，歌吹空云端。

新桥关护

题桥长卿志，秦关孟尝临。
新竖来雁影，防护豁尘襟。
去住原无意，盘桓别有心。

祠后古松

考谱封何代，年齐立祠春。
灵根岁月人，老干风月身。
想见祖余瑕，华表归来频。

雱顶晴云

朝阳耀雱顶，旋转多绮罗。
斜景花底窄，晚云水边多。
列队唐天宝，风流曹永和。

朱川图

胜地选朱川，声名自古传。
民繁居岭畔，水秀绕门前。
极目将无路，回头别有天。
奇峰环境护，世世产英贤。

庙后奇峰

一峰庙后山，登临见行人。
炊烟离瓦白，高树出墙青。
仰观千百雉，遊灯似落星。

前溪春水

前客淹留处，溪边半为家。
古苔生窄地，秋竹隐疏花。
俗内人无井，田间土有沙。

架峰拱秀

峨峰进紫驼，拱秀见青山。
招月红绣外，见雪白云间。
刘阮逢人处，伯阳法九仙。

祠后古松

瑞肇当年十八公，坚心不改耸祠东。
苍匕历炼冰霜古，隐鹤翻龙老益丰。

新桥关护

双流会处创新桥，不让生成胜景标。
直上三层关护密，瞻前顾后任逍遥。

侯轩明（清）

余抵渤海区巡视同乡长王侃游杨山志胜

观风问俗到斯乡，始识杨山尽姓杨。
仰望两峰高且秀，四知堂下振书香。

风穴中空特别凉，游人六月喜洋洋。
军岩长镇金城冈，灵秀由来上地昌。

脾薰树产青樽志异

脾熏树上产青穆，选胜择奇亦罕逢。
风洞毗邻相对峙，个中淑气郁葱葱。

禹庙春社

残红团绿桂芳丛，祝嘏神祠妫圣功。
桑柘日高春社盛，豚蹄壶酒集村翁。

南山春晓

何处春光入画图，南山晓翠接平芜。
竹松分绿花红映，莺燕繁华记得无。

架山朝晖

架山迤逦最奇雄，无数层峰叠嶂崇。
目曙天为留对景，余霞成绮滋山同。

垅堤拥翠

绿树廻环一带妍，扶疏接叶合村边。
阴浓不减西湖景，苏白两堤仿佛传。

双峰插尖

如屏峭壁挺双尖，马耳诗传坡老拈。
晓色氤氲烟缭绕，山光云影景同添。

寨尖烟雨

潇湘回雁旧留名，寨顶烟岚画不成。
雨际空濛松气润，苍苍山色倍变萦。

风穴天奇

石穴天然个里空，乘凉客至笑匆匆。
炎蒸九夏如欲动，烟含雾锁气交融。
威冲碧汉凌村北，势压清溪镇里东。
若得春雷桃浪起，恍如军旅震元戎。

风穴憩暑

化工莫道一般同，地发幻来石穴中。
六月寒生堪避暑，三冬暖气竟昭融。
吹襟真惬出人意，拂体允歌君子风。
策杖游酣寻到此，俨然身坐水晶宫。

上　观（清）

石屏附隅

介石屏风洞口存，也分山郭到烟村。
中流似隔鱼鳞涌，静镇溪边对水源。

军岩肖像

凌空石立自天生，枕拟停鞭听木声。
觉得英雄真面目，仙人遗下画初成。

风穴天奇

当穴赤日景偏长，镇暑携羽此纳凉。
穴霆徐徐清气动，严空习习好风飏。
鸣珂隐约闻幽馨，振谷依微逗晚香。
水口将军环拱处，昂然意态定飞扬。

寨尖云雨

寨顶有峰高莫攀，迷离烟雨互回环。
朝披雾气寻芳草，夕卷云阴把翠颜。
霁色空濛窥鸟道，岚光隐约认鸦寰。
骚人写景添诗兴，彷彿罗浮在此间。

双峰插云

两峰并立透祥光，形胜果然冠一乡。
晓起晴晖团浅碧，夜来晤月射流黄。
休徵五色觇燃世，瑞霭双尖焕采章。
蔚炳英才知未艾，钟灵奕叶兆繁昌。

龙井寒泉

神龙当日此经过，石井天开永不磨。
吐水昔年留异迹，为霖终古沐恩波。
源泉清本在山见。灵物功传济世多。
海国鲸风闻已息，愿教兵甲洗银河。

燕巢奇迹

乌衣巷口旧为巢，画栋雕梁不忍抛，
如何结构幽严上，绝胜溉营古树梢。
垒本天成谁敢毁，窠真神设莫轻捎。
奚思出谷迁乔木，辛苦哪泥首夏交。

屏风卓异

有石横揽水口中，天生地设若屏风。
玲珑琢就非人巧，雕创俨成夺化工。
树色争传形毕份，当门共说势凌空。
各区胜迹题难尽，随处流连兴不穷。

石柜呈祥

清溪璧浪泻淙淙，中安石瓶孰能扛。
岂兴宝藏居奇货，应储泉刀务此邦。
桂岭印原称独绝，芝田帆早号无双。
吾乡名胜殊难得，吟罢新诗与未降。

将岩肖像

天然石像状清奇，俨似将军卓立时。
下马轩昂来有日，当关拱卫后何之。
平生事业昭青简，盖世英雄仰素仪。
题我吟才惭杜老，凌烟画像想题诗。

古木团团复古坟，依然一片拥浮云。
千秋遗植村前映，还赖春秋翰墨文。

寨尖团阴

万仞高峰碧影匀，谁开一幅画图新。
遥看气势排苍翠，夕照晚霞星最真。

岩生石佛

冲宵石佛出山边，荫毓岩生马大千。
品貌巍峨朝北阙，精灵超脱上西天。
高峰拱处成修道，列嶂包罗可学仙。
畈后寨尖堪赏玩，清悬远励著云烟。

气蒸霜天

严冬候到早霜天，气瘘严腰竟者烟。
勃勃还生冲五简，蓬边备似著云巅。
南屏景象舒山色，北陵人家向目鲜。
若遇寒冰当结目，剃晴吐出禾相延。

峰前石佛

三巅石佛出风尘，兀坐千秋餮性鼻。
山骨修成罗汉果，云根种得菩提因。
何期弥勒呼贤士，漫就如来是大人。
倘遇米颠协谒拜，蓬莱眼底现元神。

上　哲（清）

步凤山有感

山自何年赐凤名，端因人杰地斯灵。
雷峰有竹皆成实，带水无风任刷翎。
书塾只今惟断碣，市尘嗣后亦飘萍。
文明惟此千秋峙，应运终须在六经。

春　旗（清）

石将军

一石凌空本里前，将军雅号庆年年。
风来木动疑旗拂，雨过烟临讶甲穿。
关口英雄原可比，帅台赴一亦同然。
有时赏玩从旁望，喜睹岚光断复连。

风穴

山川莫道便相同，习习吹来石穴中。
炎热凉生堪避暑，冰寒暖气竟交融。
膘披自可宜人我，扅合何须清冠童。
到此邀游难耐久，俨然身坐水晶宫。

芳　辰（清）

军岩肖像

绘出将军竟英雄，潭边镇守四围空。
满头在发兼须软，牛面旗衣带路融。
甲脱休看云锦里，鞭停坐爱水晶中。
天然顽石鼻高耸，势压山河孰敢攻。

烟雨楼即景

烟雨楼头眺，山城处处宜。

送青浮浦树，挹翠椰春旗。

比屋鱼鳞接，深林鸟语迟。

森罗照万象，名并栝苍垂。

将岩回澜

峻严维石就将军，挺秀溪边水自分。

盖世英各高旧阁，扶兴清气对斜曛。

回澜砥柱心超俗，立马睿关体轶群。

倘遇米类应下拜，呼兄好与共担门。

景宁古诗
千峡诗路

风穴憩暑

憩暑天然穴，常来拂袖风。

乘凉欣徘所，实胜乐无穷。

唤文游村外，偕朋到洞中。

归哉宜有咏，习习适吾躬。

将岩肖像

特出岩岩石，斯能号将军。
英雄资捍患，气象许成勋。
放眼宽须发，当身练骨筋。
旌旗旁拱卫，独立自超群。

新　琳（清）

清风古洞

一味清思石穴中，幽深古浊几多空。
披襟动宕兼苔滑，妙得浮凉淡淡风。

潨下寒泉

晴当石穴资人冷，割齿真泉夏际寒。
明镜送风清屡屡，碧潭漾色白团团。

审树环宫

森森碧叶影相连，人到幽宫恍似仙。
古木团阴开异境，实炉翠锁缯云烟。

焕　文（清）

潭心石柜

直外四溪后北流，天然石枢万珍周。
潜藏勿售珠多秘，待价谁知度几秋。

张　浚（清）

杨山石将军

奇峰屹立俯寒潭，四壁阴风古木参。
气压培壤扶日月，灵钟山水靖烟岚。
佳名允协将军号，幻象长留锦里南。
雨后双溪喧急濑，饶歌一部震幽龛。

张廷杰（清）

同前题

歊万偏从小隙通，微微洞口吐清风。
个中噎气尘氛静，暗里飘摇爽籁空。
火伞擎时寒独扇，冰山积处暖偏融。
扶余松石应相似，欲测端倪问化工。

景宁古诗

千峡诗路

张　濬（清）

风洞

土囊半璧邀灵风，寒暑相更各不同。
偃草已矜君子德，披襟深惜大王雄。
富春台下清如许，玉局舟前乐未穷。
解愠阜财忘帝力，难将笔墨绘神通。

任培芳（清）

石将呈奇

天工削出石英雄，耸立潭边万古同。
雨润苔纹须噫气，雪压三冬转气融。
消暑频来观弈子，披襟恰到采樵翁。
日长得此清心虑，合月有薰一曲风。

陈之璜（清）

石将军

巉岩挺秀镇村前，石骨将军孰敢鞭。
笑兀形尖迎日近，嵯峨顶耸与霄连。
数寻危壁攀应却，两港清外影倒悬。
风雨有声时骤至，依稀振旅正当关。

同前题

青楼树上好寄生，群称脾熏特著名。
季札当年悬宝剑，冯侯此日护金城。
枝抽骨补如鳞次，干近崖边似练横。
杨岭钟灵增妙景，石军与伴承同盟。

老鼠园肯汽穴

天寒大雪汽纷粉，地气如筒好吹火。
定是风洞两相通，氲氤永久恋山左。
太阳一来汽不见，汽彼阳收仅琐琐。
此景他乡具罕见，骚人扫石底机坐。
严冬腊梅处处开，气中生成花万水。
杨山奇妙最堪夸，弄笔吟哦何独我。

景宁古诗

千峡诗路

朱葵之（清）

孤燕吟

陈节妇家有孤燕，无巢寄居不去，怅然有感而作

陈氏堂前一孤燕，毛羽摧颓语音变。
黄昏夜夜守空梁，物命虽微心百炼。

百炼心还念故雄，蹴花无复对春风。
如何十五盈盈女，宿顾西家食向东。

云中诗路

雪花漈，散花飞雪；
柳杉王，腹中摆桌；
懵懂洋，湿地风光；
廊桥梦，方竹情韵。

宋 朝

张　玮（南宋）

何八公清修寺

金人侵扰少元戎，王命招军到浙东。
白鹤六公同策马，雁溪何八公箭弓。
挥戈逐寇疑神助，拔帜登城立将功。
武盛大夫层上尝，至今史册张一正。

明　朝

潭　民（明）

雪花飞瀑

漈峰左处万山头，雾锁云迷看不周。

路迷星辰天际过，身在烟雾洞里游。

手伸可攀蟾宫桂，足举犹登海底鳌。

百丈悬崖飞瀑泻，三夏元暑若九秋。

李　鐄（明）

漈川观瀑

散步云烟径，欣从远壑游。

万山随地耸，一水拍天浮。

瀑拟匡庐胜，川同蜀峡流。

始知盘涧叟，偏得据清幽。

佚 名（明）

茗源镜台玩景

乎湾明净面前开，巧作天然象镜台。
听起佳人频对影，云环雾鬓共徘徊。

三溪毓秀

山重水复自成村，七曲溪流直到门。
四面风光环翠紫，居人共说武陵源。

曲涧清流

万山浑处乱云堆，两岸人家水一隈。
最是小桥清涧曲，牧童吹笛恰回来。

庙前幽憩

飒飒西风众木号，庙前古树与秋高。
寻幽直教穿林去，好听空中万倾涛。

宫岭马鞍

横山缭绕庙前呈，马鞍莲湖曲水清。
宫岭三溪臻百福，镜台涌翠作藩屏。

清 朝

袁 衔（清）

五都道中七首

崔嵬日登陟，总是主恩深。只惜穷荒吏，难为将母心。
岭云愁里望，淮水梦中寻。霜雪欺游子，初来鬓上侵。

空濛不辨路，俯首看云生。百折羊肠斗，千峰鸟道倾。
仆夫嗟足茧，故宦屡魂惊。况复潇潇雨，竹鸡岗外鸣。

穷阴疑酿雪，弥漫四山云。泉响天垂暮，林寒路不分。
溪流遥入越，山势还连闽。谁写炎荒险，淮南旧有文。

托宿穷山里，垣欹屋复斜。乱鸦争噪客，老犊暮还家。
山色当门黑，溪声竟夜哗。岁寒心不怿，薄宦走天崖。

一瀑从天落，空山万古音。峰峦张鸟翼，雷雨助龙吟。
卷石似成底，沈竿莫测深。何当秋月满，终夜此鸣琴。

屋向悬崖架，溪从树梢飞。携筐收芋去，荷蓧种杉归。
峒妇余争鬓，山民尚葛衣。野梅开涧曲，清瘦不能肥。

回首长安路，良朋眼最青。月残趋太液，雪满醉旗亭。
有梦争王室，无才厕汉廷。空山今独宿，猿哭不敢听。

杨中台（清）

三角峰歌

三角峰高莫名状，周围百里作屏障。

挺然独秀接黄垓，绝地通天谁与抗。

相传倭耿窜扰时，防堵乡兵踞其上。

屯兵遗址古犹存，三角寨名今可访。

寰宇肃清兵为农，开垦高低成平旷。

吴坑屋后转分明，大气郁蟠真雄壮。

近来小鬼虽跳梁，兵气旋消贺春酿。

耕凿相安非即戎，麻缕御寒如挟纩。

家家团坐乐丰年，人杰地灵不可量。

任　涛（清）

从大漈过东岱回县

粮输无个事，整顿便言旋。

溜转声弥厉，山迴路亦圆。

府看千尺树，踏破万重烟。

不爱蓝舆稳，梯云直近天。

吴思让（清）

【吴思让】庆元人，清时明经。

豸峡尖诗

绝壑起层崖，豸峰何峻极。
岽岜万山中，苍苍太古色。

潘沄（清）

豸峡尖诗

蔼蔼春山尽蔚蓝，豸尖耸峙白云端。
苍苔斑驳鲜纹露，图画天然指点看。

严用光（清）

过时思寺

层崖远上最高山，十里平畴碧几湾。
隐隐寺藏红树里，沉沉钟出白云间。
青缠墙壁藤萝古，翠映峰门松柏闲。
翘见时思题额在，文成遗墨快瞻攀。

注：寺门"时思道场"四字刘文成笔也。

莲花湖（大仰湖）

孤峰远上最高巅，一鉴湖开旧重莲。
气接河源流湛湛，云来水面影田田。
纳凉时有风消暑，留客游忘日似年。
咫尺青霄应得路，灵槎便拟泛张骞。

小佐村

千叠层峦百转湾，鹤溪深处众峰环。
家居梅岘云山里，久在槎川烟水间。
竹里风光开画本，桃源仙境隔尘寰。
耕田识字推吾辈，为土为农未许闲。

夏日田家词

缫车未歇正分秧，四月乡村农事忙。
插后南风吹几日，蝉鸣又报稻花香。

坟旁老桂

满村香送桂花风，高映佳城福荫隆。
仙种千秋留此地，子孙攀折总无穷。

岘顶苍松

松排岘顶郁青葱，翠色千重映碧空。
最爱晚来风色紧，寒涛卷入白云中。

槎溪口占和王问屏韵

双星牛女漫相猜，耿耿银河碧汉开。
一自张骞槎泛后，人间始识云锦来。

赋得其登青梯

弥望青无际，仙梯试其登。云如将路开，天若有阶升。
貌矣临千仞，飘然上一层。鱼鳞纹缥缈，雁齿影峥嵘。
振袖还呼友，抠衣庆得朋。回溪遥映带，高馆俯凭陵。
举足苍烟沍，回头碧莫征。茅如占稟吉，蓬鸟迎霞燕。

萧汝声（清）

漈川风景

久传大漈称仁里，会见民风厚朴多。
川岳本来环第宅，松丘尤见茂条柯。
地灵人杰原非偶，子孝孙贤永不磨。
我好斯文絃韦盼，秋风送晚漫山歌。

赵士霖（清）

漈川瀑布

三峰围处一泉通，飞瀑喷花气势雄。
应是玉龙刚斗罢，纷纷鳞甲散虚空。

架岭晴云

云横地岭作南屏，秀耸三峰架现形。
维岳高高群仰止，文成顿觉笔堪停。

陈元颖（清）

龙舌喷珠

潆水飞泉矫似龙，韬霞映日响洪钟。
下来龙舌声声咽，恍眺庐山百丈峰。

上标潆诗

五都山势最岩峣，枫树寒林处处饶。
滚滚飞流标上水，空濛云雾卷重霄。

雁溪潭

南来标潆水成溪，旅雁曾经到此栖。
借问惊声今在否？家书一纸白云西。

桃源诗

闲得桃源旧入秦，桃源今复见山堙。
应知此地鱼鳞美，可有鱼郎再问津。

龙脑潭

初闻虎啸震南皋，忽觉龙吟搏巨獒。
绝顶螺峰遥望处，龙潭背上走波涛。

白鹤天师迹

白鹤今朝去不留，天师遗迹在溪头。
霜凌矫矫浑难觅，定作浮丘烟雨游。

张　琢（清）

大漈观瀑

叠雪喷珠景最奇，我来相对却相宜。
胸中尘俗多如许，借与清泉一洗之。

王按卿（清）

悬崖观瀑

竟岁刁笔肋，悬崖看飞瀑。
一览天地宽，万事都可足。

佚　名（清）

梁公登第日酬大魁梁克家诗

党论篇篇上九天，小生何幸厝前贤。
枝惭贾谊非无策，道愧孙密浪有年。
瞥见灵鳌横海上，恍闻仙犬吠云边。
衰犀岂但承嘉会，报国丹衷尚拟联。

萧汝声（清）

漈川风土

雨日频从此地过，秋郊堪爱景晴和。
山高凝接云霄近，树老应知雨露多。
稼穑稳稳逢岁稔，仙冠济济卜文科。
我尝问俗梅称最，击壤期追里巷歌。

正乾公（清）

同前题

回顾新田内降心，于兹庐舍好安身。
还欣屋后园畴地，更喜门前松树林。
风送花香呈笔采，日薰鸟语和书音。
英华发运兰桂茂，自是英才笃培深。

梅开鼎（清）

漈川瀑布

苍崖数丈瀑奔流，如布高悬散未收。

飞出细纱垂万古，喷来密缕挂千秋。

耳边乍觉机声振，望里犹疑练彩浮。

恰如银河天外落，纷纷经纬有皇猷。

时思院怀古

宝殿恢宏古刹幽，时思旌院著千秋。

清风淡淡谁堪拟，高节昭昭莫与俦。

胜地流光彰孝德，名庐受敕仰皇猷。

钟声鼓韵今犹振，堪向只园切静修。

叶　泰（清）

登狮山伏虎山

素号狮山伏虎山，大狮无眼虎无斑。

点睛不用才人笔，长住松林耸猛颜。

梅　盐（清）

祠旁古树

萧疏古木直参天，饱历风霜享天年。
我欲高声想借问，恐惊老鹤不成眠。

林源排新田降村景

丰山开辟一深窠，万壑千岩聚气多。
仿佛蜈蚣张口舌，依稀武将出朝歌。
村从竹木尘心洗，家有琴书俗虑磨。
敢犯逆鳞比干后，安居此地美如何。

严延望（清）

石马横渡

天然一石眠地，任你鞭打不返。
牧童睡起朦胧，识得非马骇异。

上山头诗

最上山头著大名，周围峦翠护峥嵘。
我来测绘峰巅望，百里云烟足下生。

浮亭岗诗

重叠青山翠色分，浮亭突兀独超群。
就中饶有烟霞趣，石涧奔泉岫出云。

石柱峰诗

何处飞来二柱擎，神工剜削也难成。
若教作柱中流云，倒挽狂澜责不轻。

吴绍昌（清）

茶园林诗

遍览茶园真胜形，沉江半月现金星。
门前小岛为缠度，屋后横峦作纬经。
曲水湾流环玉带，群山蟠峙绕罗成。
物华应运呈天宝，蔚然人文焕地灵。

林岩起（清）

槎溪胜景

传闻胜地特来寻，果是桃源洞里深。
万叠青山围谷口，一泓绿水绕村心。
时闻林鸟悠闲语，暮听山猿窈窕吟。
堪作孟赏千载宅，子孙世代显宗林。

严克义（清）

槎溪豸尖挺秀

四壁山围一径分，豸尖嵘峙削神斤。
高摩白道常扶日，远倚丹霄直接云。
列岫遥看烟漠漠，长溪俯视水沄沄。
更观霁雨初收后，藓碧苔斑照夕曛。

石柱呈奇

二柱峥嵘壮大观，端因鬼削与神剜。
擎天好倚天为盖，耸地应教地作盘。
击去何曾传拔剑，题来未敢诩登坛。
名山自是钟灵异，砥石行看挽急澜。

井泉印月

良宵孤月恰当头，金井寒泉漾素秋。
宝鉴奁开光独彻，银河云卷影双浮。
轮中兔魄侵沙石，水底蟾辉射斗牛。
应是玉龙曾此宿，明珠一颗遂长留。

文笔插云

文峰削出直撑空，透入云霄五色中。
华盖渐迷青缥缈，玉簪高耸碧玲珑。
阴连石顶祥光动，影落山腰瑞气融。
安得攀援扶杖上，登梯更到广寒宫。

祠前古树

离奇郁困碧烟团，对峙祠前耐岁寒。
蔽日偏教筛日影，含风未许起风湍。
槎枒干老参天耸，罨蔼阴浓匝地蟠。
若使当时为巨室，也应随例付钻刓。

岘顶苍松

亭亭百尺傲寒冬，岘顶排来万树松。
耐冷幽姿留黛影，干霄美荫谢尘容。
林间雪霁惟栖鹤，岭上云深欲化龙。
最羡岁寒柯不老，五株肯许始皇封。

庙后长枫

古庙何年植古枫，高撑枝叶透苍穹。
藤萝缠绕阴团席，烟雨霏微影拂空。
贯石根深常带露，参天干老自含风。
应同血食垂千古，卓立难教画栋充。

坟旁老桂

扶疏老桂荫坟旁，金粟遥知几度黄。
种下根应移鹑岭，攀来斧不借吴刚。
一村月白秋容净，十里风清世界香。
惟愿五枝常济美，燕山未许擅孤芳。

石桥春水

石板桥支曲涧中，三春水势涨沖融。
牵来荇带波浮绿，泛出桃花浪浸红。
浅渚潆洄流不息，悬崖喷薄逝无穷。
还看月白清风夜，乱涌银山映碧空。

竹涧清流

曲涧萦纡竹半遮，清流激荡景弥赊。
千层拍碎涛奔雪，一带冲开浪起花。
雨后银山翻叠叠，风前玉垒撼斜斜。
从来瀑布谁能剪，朝锁云烟晚映霞。

凤山振翼

何来灵鸟倦飞还，五彩摩空露一斑。
若解和声鸣盛世，此山应显是丹山。

浮亭岗诗

当户群峰立，重重似列屏。
山深常耸翠，雨久自垂青。
宿霭烟中树，斜阳岭上亭。
诗情兼画意，曲曲绘疏棂。

克 任（清）

井泉印月

古井澄清贮碧泉，印来明月一轮圆。
试评上下蟾蜍影，皎洁还输水底天。

文笔插云

削出三峰上逼云，灵钟天地启人文。
还看五色祥光迥，梦笔生花授郭君。

爱山亭

结构高亭大阜闲，登临恰好觉群山。
奇峰簇簇如簪列，远岫森森似笏环。
眼界空明迎四面，眉痕隐约拱千般。
阴晴变态真奇特，几度追寻试往攀。

浮亭降

浮亭降上景高超，无限烟霞破寂寥。
绿竹廻环如滴雨，苍松突兀欲千霄。
泉飞一道崖前落，岫列千鬟画里描。
我欲闲来频挂杖，登临偶尔避尘嚣。

豸尖挺秀分咏十景并序

若夫灵钟栝岭，鸦峰古号仙都。籍隶芝田鹤水，昔称僻邑。惟山辉而玉蕴，斯人杰以地灵，晓槎地是重冈，俗敦古处某山某水，为先人游钓之所，一丘一壑俾吾族生聚於斯。阻岩险於万山，萃菁英於十景。豸尖高拱。呈来削拔之姿。石柱空撑，耸起峻嶒之势。畅观夫古井，井涵皎月，团团揽，兴在文峰峰绕祥。云霭霭，瞻祠前之乔木，青可干霄。缅庙后之长枫，翠如滴雨。日衔梅岘，玲珑万道霞光。烟散浮亭，掩映千般黛色。步槎溪以寻胜景。春水潆洄，向竹涧而惬。幽思寒流荡漾。偶於读谱之余，藉写抒怀之景。先民有作，唱玉联珠。应使名山增色，小子何知吐霓霏露，敢夸彩笔生花，聊缀芜辞恭疏短引。

郁秀千岩迥出尘，豸尖独自耸嶙岣。
藤萝蟠屈疑无路，猿鸟往来如有人。
雨过悬崖偏澹冶，云开峭壁倍清新。
此中岩壑多幽胜，携伴同游笑语亲。

石柱呈奇

最奇石柱峙吾乡，况复双擎万仞长。
印列桂山同志美，梁标栝郡共呈祥。
天荒地老形难朽，鬼削神镌状莫详。
何处灵峰飞到此，千秋作镇固金汤。

文笔插云

三峰鼎峙直摩空，插入青霄紫气中。
拔地奇文成应许，凌云健笔画难工。
花生五色常迎日，阵扫千军岂藉风。
料得钟灵人必杰，好添瑞彩助才雄。

祠前古木

楮树团云绕古祠，冰霜历自汉唐时。
风栖老干龙虬舞，雪缀奇花鸟雀窥。
匝地扶疏多入画，蟠空畅茂倍添姿。
于今圣代求材急，会见干旄下玉墀。

庙后长枫

百尺长枫色倍苍，漫将杂树论优长。
亭亭挺秀迎朝旭，冉冉蟠空映夕阳。
一代良材沾雨露，千年古庙报馨香。
秋来红叶真如染，尚拟停车仔细望。

梅岘夕照

结伴寻芳路未赊，岘头夕照又横斜。
山衔落日催游客，林隐余晖促暮鸦。
曲磴千盘残影抹，苍松万树淡烟遮。
却随樵子趋归径，回首洞天自绮霞。

浮亭晓翠

秀挹南明第一峰，危亭翼翼郁重重。
千层翠色迷幽径，万叠岚光锁古松。
远黛堆螺晨更密，深青带雨晓逾浓。
山回路转穿云上，好听深山送早钟。

槎溪春水

万壑争流下小溪，三春不辨浪高低。
扬花影扑前汀上，桃锦浪翻隔岸西。
绿比鸭头痕渐长，浓於螺黛涨初齐。
浮槎直欲凌霄汉，缥缈银河路未迷。

竹涧寒流

淙淙曲涧抱村流，夹岸丛篁影自修。
细响到门人听静，浓阴绕舍客勾留。
枝头翠凤猗猗舞，浪底白鸥缓缓浮。
缨本无尘何必濯，毂公清节孰能俦。

爱山楼

晴风入画拥高楼，人在孤峰最上头。
畅好夕阳无限思，淡淡山色正盈眸。

龙井潭

曾闻龙井著西湖，龙井今偏见僻隅。

群鲤终非潭底物，龙门大跃在斯乎。

苦竹幽篁山鬼邻，齐厨葵藿笑官贫。

只余多笋无昏旦，寄傲长安旧酒人。

槎溪春水

　　槎溪源出大漈，经龙井奔激而来，当春涨初长，洪涛巨浪有一往莫御之势，溇中乱石嵯峨，急湍洄旋，浮槎过此，篙师为之惊心骇目，亦巨观也！

浮槎人已去，春水及时生，

雨久波常长，滩多浪未平。

桥横三板接，泉涌百重鸣。

翘首银河近，船如天上行。

浮亭晓翠

　　浮亭降在南上，有巽峰为吾家案外之对山，林壑尤美，蔚然深秀，晓起倚栏眺望，浮岚积翠，掩映几席间，流连光景，弥觉无限已！

当户群峰立，重重似列屏。

山深常耸翠，雨久自然青。

宿霭烟中树，斜阳岭上亭。

诗情兼画意，曲曲绘疏棂。

竹涧寒流

　　涧源不甚深，由村北过露水坑石桥，屈曲绕舍而下，涧之北田畴，鳞次可引而灌注，南则修竹千竿，互相映，带幽篁茂美，浅水沦涟，临流濯足，有不减沧浪佳致焉！

　　　　　乱山衔落日，返景入青苔。
　　　　　霁色枝头挂，晴云岘顶堆。
　　　　　鸦翻斜照下，鹜带落霞来。
　　　　　仿佛蓬莱近，扶筇日几回。

严用昭（清）

祠前古木

　　　　　乔木森然接太空，汉唐遗植景高风。
　　　　　经春茂密凉何限，入夏扶疏暑不通。
　　　　　拔地参天佳郁郁，凌霜傲雪秀葱葱。
　　　　　数株幸与宗祠近，得地无殊庙后枫。

槎溪祠前古树

　　祠前两山环抱，左为门口降，有大苦楮树五株，右为坟窟口，有大苦楮树两株，古干凌云虬枝蔽日，殆汉唐遗植也，时当盛暑，薰风习习，携客纳凉于此，间得少佳趣焉！

　　　　　乔木何奇古，遗风溯汉唐。
　　　　　围祠阴密历，倚岭色青苍。
　　　　　一代资梁栋，千年饱雪霜。
　　　　　招凉留客处，趺坐说沧桑。

景宁古诗
云中诗路

二三五

文笔插云

村外水口，陟起三山，形如笔架。中一高峰耸出云表，唐人诗云："天外三峰削不成"，形景似之，吾乡自乾隆间读书之士始，破天荒继此人泮明经蝉联不绝，钟毓之灵，非无自也！

谁掷空中笔，孤峰插入云。
花常生五色，阵直扫千军。
画日成乾象，蒸霞现绮文。
簪毫瑷岛侧，瑞霭起氤氲。

井泉印月

井在祠前屏楼外大路下，方塘一鉴，澈底澄清。夏则泠冽可爱，冬则有暖气沸腾。散步于此，沁人心脾，可以洗涤尘襟焉！

一色空明里，良宵月印泉。
蟾光涵古井，兔魄濯寒渊。
宝镜浮沉朗，冰轮上下圆。
仰观兼俯察，竖指悟参禅。

石柱呈奇

由豸尖下，屹起二柱，有擎天拔地之势。上柱微连豸峰，下柱则孤高峭拔绝。所倚傍亦奇观也。乡人岁时礼佛于宫，后竟放爆竹，响振岩谷，如裂石崩崖，莫可名状。

> 路转峰回处，山奇石较奇。
> 孤峰呈削拔，一柱耸嵌崴。
> 匝地烟云绕，撑空日月垂。
> 南明梁并峙，终古不能移。
> 云移天就柱，月上柱擎天。
> 试向山灵间，屹立几千年？

少年游·豸尖挺秀

悬崖叠嶂透重霄，峭拔势难描，幽鸟时鸣，好花竞放，游眺值良朝。孤尖削出景高超，绝壁倚云遥，翠磴红泉，烟萝雨藓，胜境绝尘嚣。

春日书怀

浮生浑若梦，底事逐纷营。荏苒光阴逝，寒暑倏代更。
春园发桃李，好鸟枝头鸣。出谷思求友，伐木诗载赓。
吾人宜勉学，先志励平生。下士分阴惜，修儒重立名。
春华须爱护，德业期有成。砥砺姱修念，努力策初程。

丙辰新正三日诣豫章岩礼佛口占

初三风日美，行乐及良辰。
散步灵岩下，偕游曲水滨。
拈香为礼佛，拾翠即寻春。
攸往占咸利，佳酿饮几巡。

晚过莘岭

渡口黄昏候，匆匆过洞天。
疏灯明野屋，细雨湿山田。
到耳乡音熟，关心客话传。
为谈吾浙事，近已靖烽烟。

喜晴

彩云扶旭日，飞上白云端。
寒久人情苦，晴新鸟语欢。
层冰开柳岸，积雪霁松峦。
生意眼前满，东风吹小阑。

中秋值雨

征途岁月叹蹉跎，节值中秋雨里过。
云盖长空非皎洁，露溥此夕转滂沱。
茫茫世路奔驰久，渺渺予怀感慨多。
故里清光知满否，姮娥消息问如何。

试宠由严江归作

一棹行舟趁晚潮，江天秋思正迢迢。
苍葭白露催归兴，红树青山送客桡。
旅意渐随乡梦减，壮怀半逐酒痕销。
多情惟有船头月，长伴游人慰寂寥。

怀魏寅景

夕阳明灭半衔山，访友匆匆到柘湾。
樵子担归于嶂里，渔人纲集碧潭间。
树多绕屋松杉古，溪可作田稼穑艰。
却记三家村在是，朱陈图画不须删。

注：是村胡徐毛三姓同居世为婚媾。

初春雪霁赴裹光途中口占

开岁新晴访友深，筍舆扶过碧溪浔。
瞳眬旭日千门耀，荟蔚南山众壑阴。
雪霁苍松摇玉树，冰融绿竹漾瑗琼。
林客怀诗思难抛，得清景拈来助吟。

感怀和任钝夫曾鲁韵

薄采新茶谷雨前，焦坑闲试飏轻烟。
饮多只为清诗兴，谁识君身骨是仙。

清溪如带抱村流，夏日均川景色幽。
水碧山青交掩映，游人随处足勾留。

溪南溪北尽人家，村舍生涯在艺麻。
霑足知时逢好雨，芃芃倏见绿阴遮。

乡村四月务农忙，才过麦秋又插秧。
为劝吾侪勤播种，豚蹄报赛祝仓箱。

黄梅时节雨连绵，漫道日长如小年。
几卷残书一壶酒，消闲事事得欣然。

晴未竟日雨霰先集终成大雪再叠前韵

凛冽朔风吹败叶，天公更试二番雪。
前番暖日为消融，檐溜涔涔响不绝。
此日冻云合沓多，枯枝劲节尽摧折。
人家黯淡炊烟寒，门经阴迷行迹灭。
始讶银龙恣戏游，漫舞空中身一掣。
旋看天女来散花，乱坠庭前飘细缬。
繁霙六出落缤纷，雾淞漫天飞琐屑。
诗家清景此无多，其奈风花转眼瞥。
我有旨蓄足御冬，围炉笑对荆妻说。
未能踏雪嚼梅花，空羡道人脚如铁。

清明

连宵风雨景凄然，节届清明上塚天。
蝴蝶纸灰飞处处，杜鹃泪血染年年。
齐入骄乞墦间食，介子忠旌绵上田。
千载贤愚归尽日，空浇杯酒酹坟前。

雪后成冻连日苦寒仍用前韵

愁云冻雾繁如叶，有意天公为酿雪。
未暇骑驴访梅花，灞桥风景羡清绝。
柴门冻合径谁抄，瓦陇冰凝椽欲折。
袁安高卧合闭门，对景感时增寂灭。
岂无高会敞华堂，拔剑斫地鲸可掣。
亦识屯兵满江淮，寒侵铁甲成水缬。
疆场迄未闻飙凯，帷幄空教落谈屑。
何时克奏蔡州功，净扫欃枪疾如瞥。
雪中置酒会消寒，江南时事不堪说。
洗兵惟愿倒天瓢，折戟沉沙认残铁。

早春

门柄东廻十日期，无聊春信尚迟迟。
和风解冻来何处，小草向阳问几时。
陌上风光猜柳树，篱边消息访梅枝。
故园芳讯更番至，醉向花前倒酒卮。

大雪

连日朔风料峭寒，纷纷瑞雪送年残。
群山黯淡形容改，曲径低迷步履难。
尽画静围炉添火，活宵深拥絮怯衾。
单会听门外鸦娘，报吉维旃叶众欢。

除夕

祭灶请邻事不停，雪花似絮落中庭。
裁笺自写板门贴，展卷闲题置座铭。
暖阁安排儿女会，华堂供设祖宗形。
年光转瞬真如客，饯别还斟酒满瓶。

壬戌元旦

元旦初晴景物佳，寅正事事待安排。
肃衣展谒先公像，觅句撷撷舒志士。
怀蓂历时翻诹吉，椒浆薄具饮同侪。
儿童最解新年乐，鼓打春声处处皆。

耕读轩

经营十笏小轩居，朝看耕田暮读书。
命仆分秧晨雨后，呼童课字午风余。
筐葵馌亩时勿失，樽酒论文志不虚。
阅罢农经镫未上，欣然明月满前除。

春雪用东坡北台韵

三更卧听雨帘织，晓起开门风势严。
瑟瑟林间鸣败业，纷纷空际散轻盐。
行人迹少荒蓬经，冻雀声喧啅草檐。
独羡苍松真耐冷，老枝偃蹇立山尖。

次韵和单竹林少府棻春日偶成

青阳易迈鬓成丝，睡起小窗春日迟。
碌碌浮生浑似梦，纷纷时事本如棋。
人情阅历憎寒热，世路驰驱识险夷。
却羡坚贞松柏操，孤芳不改岁寒时。

严品端（清）

程田石印呈祥

一品元章石，成文篆碧苔。
发祥如可待，佩印看奇才。

屏墩晓翠

趁晓凭栏望，屏墩翠满山。
刚逢疏雨润，如滴映帘间。

两水环祠

寝庙巍峨地，溪流两派环。
分明如玉带，碧浪起潺潺。

一峰飞来

得势来何处，孤飞耸此间。
昂然临水口，绝胜将当关。

石柱呈奇

立地擎天柱，凌空势莫攀。
谁言拳石小，作镇驻名山。

豸尖启秀

怪兽呈奇状，豸尖不类常。
弥高时仰止，秀启白云冈。

莲花高耸

一脉龙盘处，峦头起若莲。
高擎云汉表，地造恰由天。

石桥春水

水色油油绿，石桥一曲通。
游鱼知浪暖，鼓翅跃春中。

乌石朝晖

一卷如削矗高冈，圭角天然石色苍。
斑驳苔纹朝焕彩，英灵发泄在吾乡。

崇山凹凸

万山崇密万山环，凹凸呈奇兴自闲。
面面相看真秀绝，洪厓笑拍白云间。

峻岭横斜

重重叠叠上遥天，次第横斜到屋前。
我欲振衣登绝顶，苍茫一望对云烟。

八隔同沟

千塍如卦映朝暾，水浅萍浮长绿痕。
井界均平成取便，静观游濯解愁肠。

龙岩纪胜

快说吾乡胜迹开，赤峦神降西山嵬。
洞生石壁系天造，殿创岩崖有然催。
三窟湧泉泉似玉，一团清气气迎裴。
侬非迷信同兴筑，施雨兴云能捍灾。

钟楼峰青

听得钟声惊醒昏，高冈楼立彰前村。
而今但见山明秀，奢望经纶济厥屯。

陈　宪（清）

雁溪龟峰新寺

卓锡龟峰山外山，梵宫仑奂美当年。
玉毫灯灿无穷夜，白日炉燻不断烟。
庭鹤去来时听法，林花开落自安禅。
凄凉景界尘无染，门对寒潭浸碧天。

雁渚长桥

人居一聚列双堤，百尺飞梁跨碧溪。
行雁空中森栋宇，六鳌背上蹴轮蹄。
垂虹影贯波心日，玩月人登镜里梯。
满目风光描不就，丈夫得志快留题。

标岭瀑布

列嶂层层插碧霄，白虹垂映翠林腰。
千寻素练穿岩下，一片寒云载雨飘。
凛凛风生龙滚雾，纷纷溜溅雪飞瑶。
玉帘不卷无今古，洗却红尘世虑销。

雪山笔架

极目晴峦翠叠重，列屏如画耸彪东。
牙签堆积贪狼案，象管排连插架峰。
云穷静含风月白，山肩秀带夕阳红。
诗人得此添幽兴，四友追陪喜气浓。

白象卷湖

磅礴山岗抛绝奇，魁如交趾兽肥躯。
露牙带雨吞青草，垂鼻披云卷碧湖。
滚滚波光生爽气，霏霏雪色长毛肤。
鹤仙指出形无异，惟恐丹青画不如。

松林古塔

昔年此地集松官，今日潇然眼界宽。
四畔碧涛不流去，双兴石塔镇长存。
云阴叠叠藏孤屿，月色凄凄映古坛。
举目盘旋岑秀野，一天星斗伴人间。

溪头石塔

一曲横桥古涧汾，巉岩地骨列开分。
形模尚有方图颗，亟记应无刻篆文。
千古不随朱绶贵，四时长押翠波纹。
昔问堕鹊书忠孝，留得芳名载典坟。

鱼库春波

叠石悬岩凛凛风，功成大禹显遗踪。
凿开源壑通流脉，涌出岩仓卷雪洪。
三月桃残春浪暖，一声雷化禹门龙。
清源世衍秋天碧，广布修仁答祖宗。

王邦基（明）

题梅坞

绿竹藏深坞，松间植老梅。
占魁迎早岁，调鼎重良材。
玉蕊先春放，芳枝自昔栽。
宗功多毓秀，文运自天开。

任继贤（清）

梅坞村景

耸然秀错几高峰，雨过遥看紫翠重。
绝顶先遥明月照，半腰时见白云封。
风生万壑屯文豹，雷动三春起蛰龙。
游士敲诗频索句，复吟梅竹与疏松。

群猪落槽

罗列诸陵万竹丛，恰如刚鬣下槽中。
弘基卜筑非凡坞，必产英豪自化龙。

五龙奔江

非可常鳞几介名，俨然长啸一天惊。
诸峦却是五龙斗，奔入江滨逐浪行。

水关木桥

峡口嶙嶙石径斜，木虹锁渡护村家。
一湾曲水随砻下，半亩方塘近树花。

坳上小亭

岩峣岭峻却郊阡，翼翼岩亭建此边。
牧子樵夫时对坐，行人挽恋也停鞭。

福安庙

赫赫一方最圣灵，年来祷祝上宫庭。
兆民受福胥康泰，常霈甘霖四野青。

仙居

仙人猥说饭胡麻，居筑蓬莱仙子家。
曲径云深环碧水，涧边野鹿自衔花。

隆功庵

僧家静室号隆功，应念潜修有莫穷。
地僻云闲增凡气，林深院寂涤尘衷。
五峰拥势排庵侧，两涧泉声振寺中。
若果天真能不昧，灵山竺国本相同。

马仙宫

栋宇翚飞建谢坑，格天至孝与忠贞。
四围岚气开图画，一带溪流振鼓声。
士女年年祈大有，村庄个个祝丰盈。
明禋弗替垂千载，保障此方乐奉迎。

五福殿

帝殿巍巍峙凤岗，恩覃梅坞德无疆。
功同北关齐尊号，威震南离祐我张。
异眼惟三观世界，分灵有五显遐方。
崴时祷赛原可限，沐浴深仁自不忘。

五谷仙殿

岳峰顶上创仙宫，殿宇巍峨镇在东。
五堡家家祈五谷，三时处处惠黎农。
青松一片标神德，绿竹千株护圣聪。
报赛吹豳bīn绵祀典，于兹颂祷庆无穷。

龙兴禅院（漈头庵）

天竺缘何只此庵，重重色相静中涵。
如来座上香千缕，弥陀尊前笑一龛。
争似慈云催法雨，谁非静界植幽昙。
伊人若遣游山兴，几听疏钟度远岚。

石牛

天中斗女与君俦，谪下蓬莱不记秋。
开蜀五丁如识此，心机肯用冀金牛。

石鹅潭

鹅湖自昔聚名贤，此石生来势俨然。
任写黄庭换不去，仙人遗下绿波眠。

笔架山

文峰高耸断还连，排列高冈势宛然。
树影横斜疑笔架，彩云笼处便生烟。

头梳岩

石齿匀排短与长，俨如新月挂高冈。
风吹翠髻披苔发，讶是紫姑试晓妆。

石柱亭

何年仙父斫初成，瘦削云根万古擎。
独竖山巅为砥柱，故教亭子得芳名。

金锁桥

百尺虹腰接两山，俨同鱼钥镇重关。
星桥金锁无开处，村落回环水一湾。

枫树岭

峻岭岩峣树影斜，秋来红叶景弥奢。
骚人到此停车坐，一路疑开二月花。

花园墩

玉梅深坞问犹存，野畔田中剩有墩。
此地当年称花国，至今尚自说名园。

鹤峰顶

一顶高悬势更嵬，鹤峰孤耸若飞来。
白云卷处疑舒翼，野鸟翱翔也晴猜。

五叶莲

谁把金莲贴地堆，盘成五叶自天开。
花生步步行来是，钟毓多推君子才。

金锁桥社庙

桥横金锁护村乡，社庙森严沛泽长。
物埠民康叼福庇，恩覃梅坞庆丰穰。

碧山禅院

先祖辟余地，群僧抱静修。
山沉声更寂，秋老木多幽。
竹径随溪引，花稍任月留。
尘喧应不到，莫克系虚舟。

题梅坞

人说堤是柳，今知坞有梅。
称名原不俗，取类奕名才。
修竹阿谁植，青松若个栽。
岁寒三友好，此地自天开。

温　甫（清）

竹枝

一

路转峰廻眼界开，瓯闽接壤古溪隈。
果然遗爱传东里，润色谁推郑相才。

二

川南川北路横斜，古木阴森宿暮鸦。
最好溪桥联续处，风流儒雅读书家。

三

观音桥阁跨清渠，潭水空茫沓佛鱼。

饶有儿童能解事，编桃缚竹自居诸。

四

枌榆社影绿参差，闽客鳞居妇子依。

凿井耕田终食力，土音军府旧钟仪。

五

破竹燃灯夜未央，价权银烛不须昂。

山家风物侯家制，弃与庭燎其有光。

六

狼藉柴门作未休，榨帘炉焙数从头。

同行伴侣频频示，第一生涯与纸谋。

七

数椽小葺水为邻，布笐零星逐色新。

履道由来占坦坦，此中偏合住幽人。

八

莲花岭畔水冷冷，四面烟岚远近青。

秋月春风谁管领，木桦亭与牡丹亭。

九

数行残墨纪游程，遗址犹留旧日名。

鸡黍丰年人报赛，只怜古佛伴钟声。

十

白云深处樵夫话，红树梢头夕阳挂。

点点寒鸦满霜林，天然一幅无声画。

十一

明镜高悬水接天，渔翁醉卧荻芦边。

醒来忽讶通湖白，载得清光满钓船。

文　彬（清）

章坑渔樵耕牧

未肯容与波是随，渔樵耕牧自悠闲。
曾投香饵引鳞跃，旋斫生柴带叶炊。
雨足一犁牛正叱，兴来三弄笛横吹。
负薪桂角怀前事，人世当天我笑痴。

层楼闲眺（以下同题）

从阁高无尚，来斯才眼放。
伊谁早晚炊，坐立烟云上。

寒暑天上道，人情时起倒。
趋炎附热多，到底清凉好。

吕仙降（清）

水面何年结蜃楼，偷闲到此便淹留。
三层上毕穷余日，景物般般望里收。

鲍一谔（清）

高楼接青天，俯瞰临深壑。
到此觉仙乎，蹑足烟云落。

林寿祺（清）

登楼立上三层上，尘界远超殊放旷。
凭栏展眺快双眸，景物般般都入望。

东指明霞西指云，山田鳞叠睫下分。
若得余闲未着脚，几度徘徊几度殷。

云间居士（清）

四顾山光接水光，凭栏满幅画图张。
一峰院院还参立，万尾鳞立泣在望。
倚槛消闲看把钓，似窗涤暑好近凉。
我来寄傲登高处，几度置身义与皇。

齐　普（清）

逐逐趋时尚，何知把眼放。
清泼豁尘襟，堪谓义皇上。

浓荫落成道，寄相湮中倒。
为根拘学人，风追曾点好。

晋恩步墀（清）

眼界将倒豁，直步层楼上。
山光接水光，佳气长酝酿。
尚得同怀客，请情当益畅。

莆 乔（清）

丹山凤鸣

凭栏一览最神怡，此日登临忆昔时。
远抱峰尖晴雨翠，平吞弘口晚相曦。
几度过客频昂首，空台骚人吟赋诗。
晓起任穷千里目，满林烟火现晨炊。

吕仙降（清）

大坳纳凉（以下同题）

非秋早觉同茵飒，就里浑忘炎景匝。
扇各折叠内常损，不得披襟凉自纳。

林寿祺（清）

古木森森荫道周，逢人到此便淹留。
时当夏暑浑忘夏，引我秋凉不是秋。

云间居士（清）

郁郁葱葱望气佳，大坳信作大观怀。
高峰秀拱嵯峨岐，乔木荫浓次第排。

年下几经千载数，长端籍一杯十里。
纳凉兴到风送咏，结伴童偕与冠偕。

晋恩步墀（清）

乔木阵大坳，坐来无六月。

穆如清风生，仿佛风波窟。

青霭作垣屏，凹处目成凹。

莆　乔（清）

丹山凤鸣

信步大坳乔木森，名山在望莫重寻。

远条雅合椒聊咏，繁叶翻宜葛藤吟。

为溯郁苍恬目昔，长留繁衍到而今。

我家祥发端由此，履此还思祖德深。

文　彬（清）

高峰拱秀（以下同题）

突兀面高厦，亦风还亦雅。

随时危四餐，那肯低头下。

吕仙降（清）

奇峰矗起尖如削，碧内云烟迷洞壑。

好境真应泓也看，登青蹑履追康乐。

鲍一谔（清）

突兀有高峰，众山皆俯首。
绝似画屏风，丹青谁着手。

林寿祺（清）

山口屏山山几层，看山那得遍山登。
重重护擎起天末，三方环拱何崚嶒。

挑末个个争成笔，画向高人门外去。
其中秀拔难为朋，只有高峰尖第一。

齐　普（清）

圭笔照高夏，卓然呈大雅。
青云如有志，岂久居人下。

晋恩步墀（清）

仰仰高峰尖，日日送青来。
香气蔚然起，钟毓不九才。
耸出村所瞻，风小峙时培。

景宁古诗　云中诗路

二四九

莆 乔（清）

丹山凤鸣

山柱擎天肖岱宗，亭已涌秀失群峰。

云舒阮约簪呈颖，勇卷依稀笋露容。

个里象形辂类雁，此番嘘气想潜龙。

飞来何处高如许，遮莫衡阳此地逢。

文 彬（清）

前溪把钓（以下同题）

时闲时把钓，此趣谁知道。

岂日食无鱼，个中且寄傲。

吕仙降（清）

偶扶长竿向小溪，芸矶久守夕阳低。

游鳞得否无欣戚，沫穷遗召想与斋。

鲍一谔（清）

谁能往前溪，学做渔翁样。

却道有高风，沐浴浮丘上。

云间居士（清）

前溪坝上听嘈嘈，尽是渔人声叫号。

两岸分行俨鹭序，一竿闲把托仙曹。

鞠躬能使恭客著，洗足翻多惰比劳。

我不承鱼缘惜蚓，别将巨手钓金鳌。

齐　普（清）

岂为消闲钓，鱼跃皆至道。

当年汉客星，所以长高傲。

晋恩步墀（清）

欲访投纶雷，前溪即磻溪。

临时人争羡，波里且成蹊。

惹得鱼贪饵，不爱夕阳低。

莆　乔（清）

丹山凤鸣

渔家鲜食荻花炊，惯自向前溪傍水。

湄问到酒卷醑后，呼分苔石晚晴时。

致恭口岂此中适，寄傲神从个里怡。

但看锦鳞新钓得，一番趣味最无涯。

景宁古诗

云中诗路

石牌春色

石牌三道陡摩空，琢削天然夺化工。

苔藓成文摹士志，岂矜宠贵大夫封。

龙鳞百尺苍髯密，虬干千层翠盖浓。

异日如逢梁栋选，良材胜任庆登庸。

注：谢桥环胜，卽永安桥也康熙甲寅道光庚寅两次火毁后易以石至光绪庚六月朔复圯於水今捐资重建。

张　琢（清）

大漈观瀑

叠雪喷珠景最奇，我来相对却相宜。

胸中俗尘多如许，借与清泉一洗之。

王按卿（清）

悬崖观瀑

竟岁刀笔劬，悬崖看飞瀑。

一览天地宽，万事都可是。

潘玉城（清）

上山头诗

最上山头著大名，周围峦翠护峥嵘。
我来测绘峰巅望，百里云烟足下生。

梅芝华（清）

祠门古柏

古柏参天傲岁寒，苍苍黛色拥门拦。
左奇右偶同昭穆，荫映千秋壮厥观。

严廷望（清）

千秋岁·爱山华

高亭清丽，耸立参天际。闲登临，偶栖息。层峦排黛影，
远岫推云鬟。论山光，千般触目真无计。此地蟠形势，阴晴皆
可契。环绿树，看月桂。松岭挹朝岚，莲峰开夕霁。愿从今，
时时结伴来遥睇。

潘钟俊（清）

最上山咏

最上山高凌太空，蜿蜒发脉四旁通。

曙光袅袅云霄近，晦雾冥冥烟雨中。

卓荦撑天神女境，纵横压地愚公功。

从今我亦忘情者，仰企心猿探碧空。

鹧鸪天·老鸦石

鸦顶崇高上碧霄，三峰并峙脱尘嚣。

形成螺髻真难徙，状类峨眉未易描。

青嶂骨，翠微腰，登临壮志随烟消。

山鸟野花心常在，汉柏秦松质不凋。

镇龙岗

岩岗迤逦笼烟村，四季常留春色住。

悬崖峻坂辟坳门，怪石危墙通岭路。

登临避暑松涛怒，洗尽尘心随水去。

迎人好鸟自成行，远骋郊原寻好句。

民 国

朱鑫佰（民国）

【朱鑫佰】一生嗜茶，喜撰写楹联。杭州联合初级中学老师。抗战期间联合初级中学和省教育厅同迁景宁大漈，朱鑫佰老师随校到大漈任教，期间他品大漈茶，目睹茶客热闹交易，挥笔撰下"大漈茶叶"。

大漈茶联

玉碗清香浮雀舌；
金瓯妙品渝宠团。

松涛烹雪醒诗梦；
石馆煎香洗浴肠。

九曲名山采雀舌；
一溪龙水煮龙团。

茶海飘香茶世贸；
艺林酒丽艺人生。

石泉能解相如汤；
火候问评故老诗。

杨品元（民国）

桂树根村景

黄碧龙来桂树根，迢迢气聚此乡村。
群峰环峙罗城密，诸派合流局势屯。
翠竹苍松成画像，廉泉让水透山源。
虽非名望通都地，还冀光前裕后昆。

瓯源诗路

国家公园，百山祖东；
英川风物，底蕴深厚。
马仙鸬鹚，忠孝传奇；
水韵沙湾，纤夫故里。
红色毛垟，绿色苔藓；
运动秋炉，千年古道。

唐 朝

李阳冰（唐）

【李阳冰】字少温，谯郡（今安徽亳州）人，约出生于唐玄宗开元年间。曾任缙云县令，后官至国子监丞，集贤院学士，善于辞章，工于书法，李白族叔，曾为李白作《草堂集序》。

护国夫人

鸬山苍苍，鸬水茫茫。
阴府助国兮，於时彰彰；
福我邻邦兮，民斯永康。
仙兮仙兮，与日月而齐光。

宋 朝

陈汝锡（宋）

【陈汝锡】（1073—1161），字师禹、师予，号鹤溪。青田县城人。北宋诗人七岁能诗文，为黄庭坚所称赏。宋哲宗绍圣四年（1097）进士，历任太学博士、提举福建学事、江南提举、湖南路通判、直秘阁副使、江南团练使、两浙转运副使、浙东安抚使等职。卒后追封中奉大夫，谥文正，祀乡贤。著有《鹤溪集》。

仙岩寺

通幽一径入松关，缥缈仙游尚可攀。
洞在白云青嶂末，人行红雨乱花间。
安排蜡屐登高去，准拟诗囊得句还。
更有苦吟陶靖节，不容风月片时闲。

江 涛（宋）

【江涛】字朝宗，处州丽水人。宋孝宗乾道二年丙戌科萧国梁榜进士，曾任福州通判。

莺花亭

春雨溪头长柳围，游仙枕上赋黄鹂。
谁知醉卧古藤下，却是浮生梦觉时。

苏守简（宋）

仙人坛

峻嶒百尺古仙坛，仙子何年俯碧湾。

苔藓已埋烧药灶，竹林犹长钓鱼竿。

九霄路隔丹书杳，三月溪深碧浪寒。

鸣鹤至今清韵在，夜深谁倚玉栏干。

选自明成化《处州府志》

明　朝

汤显祖（明）

【汤显祖】字义仍，号海若、若士、清远道人。江西临川人。明代著名戏曲家、文学家，明万历十一年进士，历官南京太常寺博士、礼都祭司主事。明万历二十一年任遂昌知县，五年后辞官，归居玉茗堂，专心戏曲，卓然为大家，著有《牡丹亭》、《临川四梦》、《玉茗堂集》等。

咏瓯江小溪

括苍山色正江南，下有婵娟百尺潭。
似与空明沉翠碧，应开倒影映晴岚。
寒余洞壑尘烟渺，雨过墟原暮色含。
独叹侍臣青鬓晚，春衣点染思何堪。

刘　琏（明）

【刘琏】（1348—1379），字孟藻，青田南田（今属文成）人，刘基长子。洪武十年（1370）授考功监丞，兼试监察御史，出为江西布政司右参政。欲重用，为胡惟庸党所胁，堕井死。工诗，词旨高雅。著有《自怡集》。

双溪晴涨

溪流远抱沧波合，山势中分碧树深。
雨后晴初最堪赏，风光没尽百年心。

古寺鸣钟

山枕清溪寺隐山，暮云深锁单林烟。
近来浑忘登临兴，闲听钟声落枕边。

湖边杖履

春日道遥湖上行，东风骀荡若为情。
却怜柳絮随风舞，又见荷钱贴水生。

溪畔行吟

网得鲈鱼上钓舟，携来浊酒满瓷瓯。
晚凉倚杖观秋水，更有新诗乐唱酬。

春郊耕雨

膏雨溟蒙涤冻涂，杏花深处鸟相呼。
东郊蓑笠勤农事，好遣良工绘作图。

秋浦浣纱

等萝山下女儿娇，回首吴中憾未消。
独立西风缘底事，效颦空自逞妖娆。

鱼游潭树

堤树无花萌绿波，游鱼队队镜中过。
惟应赤鲤乘桃浪，夜半飞腾奈尔何。

摘自《自怡集》

刘　璟（明）

【刘璟】（1350—1402），字仲璟，字孟光，青田（今属文成）人，刘伯温次子。明太祖命袭父爵，刘璟让给侄儿刘荐袭爵。明洪武二十三年授阁门使，以刚直闻名，后擢谷王府左长史，敕权提调肃辽燕赵庆宁六王府事。精通经史，尤善谋略。

鸡山晓色

何年天星下，化作金鸡峰。峨冠耸危石，翠竹森长松。
旋如展翎翅，峙如决雌雄。初瞰接曙色，姿味多奇踪。
虽无司晨唱，晦明若先容。谁将翚飞构，来此披蒙茸。
临窗契玄理，晤言怀宋宗。

陈彦思（明）

【陈质思】青田人，初任湖南江华县主簿，明永乐年间任余姚知县，端谨博学，善诗文，有《舜江吟》、《归田集》、《纪行集》。

法昙寺

春游偶到法昙山，山色苍茫紫翠间。
殿阁玲珑明晓日，烟云舒卷出尘寰。
何人便作终身计，老我宁辞半日闲。
归去夕阳溪上路，遥看林暝鹤飞还。

录自《浙江通志》

景宁古诗

瓯源诗路

厉而宏（明）

【厉而宏】青田人，自幼小质敏好学。父厉立身期以大器，随宦游学。造巽塔，宏之力居多，顺治丁亥，倡率提早完成急饷，受县杜公嘉奖曰：黉官佳士。

天岩

芝山鞍马自东来，摇动丹峰一笔开。
万尺玲珑云外度，千般气象指中回。
风霜独挟凌秋色，砥柱谁怜插汉才。
信是光芒随处射，江城行见烛三台。

殷云宵（明）

锦屏山

锦屏山前江水流，江风萧索旅魂愁。
登高况复悲戎马，抱病犹堪理钓舟。
白雪调高聊纵酒，黄花英落不胜秋。
县斋只恐伤幽独，危嶂斜晖坐未休。

吴胜祖（明）

【吴胜祖】字宜甄，景宁英川人，英川吴氏第六世祖，行广七，永乐乙未七月十三未时生，宏治庚戌三月廿四终，生平端行立品，务本植基，建祠修谱，尚义捐资，恤贫济急，树德务滋。

英川旧八景诗

前溪挑浪

溪水奔流泛白沙，潆洄暖浪浸桃花。

寻访有客来相访，道似武陵春色奢。

后陇松风

长松千尺出寒林，陇首围成数亩阴。

月上楼头人细听，天风鼓浪起涛音。

白象卷湖

丘山非虎亦非狙，一象卷环境界宽。

想是仙灵真目力，芳名道出与人看。

金龟吐气

水边一石类金龟，隐隐还如吐气时。

漫道俗情多附会，须知造物有灵奇。

翠屏照日

山岚积翠耸遥空，排列如屏见郁葱。

相看何时真不厌，早霞衬出晓轮红。

景宁古诗

瓯源诗路

文笔插天

有峰如笔矗天高，不是凌云手莫操。
扫却烟霞空际落，借天为纸任挥毫。

宁济虹桥

两岸横跨压水东，溪光山色映垂虹。
丈夫有志题桥柱，直步青云得路通。

普明禅寺

古刹传灯号普明，佛香缭绕出檐楹。
秋山落叶零霜夜，楼上晴钟远送声。

清 朝

潘可藻（清）

马孝仙传

山以仙名，人以地灵。
仙去在天，永庇兆民。

注：摘自《处州府志》第三册2080页。

李应机（清）

神女故址

鸬鹚村听话当年，云是仙姬伴世缘。
佣织养姑原此地，为霖济众每回天。
荒芜片土遗民识，节孝芳规几妇贤。
愿借一亭标壶则，虚谈神异总枉然。

吴学亮（清）

【吴学亮】景宁人。

山居

结庐在深山，门对青松树。
伫目望遥空，闲云自来去。

庐山马仙寺

山横屏嶂水环流，拱绕仙人百尺楼。

白马至今留故址，彩鸾何处间前修。

炉烟书护霓旌暖，树影高悬羽盖浮。

翘望飞升遗迹在，神丝一曲赛初秋。

唐人纪唐事

于归某氏族，但云孝于姑。所居鸬鹚村，故里非模糊。

大均浮伞渡，迩在邑西隅。叶大簪花侍，好事传绘图。

编织供廿旨，百里归须叟。遗羹羹如沸，吴事传通都。

厥后七月七，骖鸾翔天衢。鞋迹石浴盘，一一留形模。

神兵阴助顺，旱鬼妖先驱。祷祠扉不应，远近香烟俱。

丽水与庆元，争端真失诬。况云华亭人，毋乃谬根株。

吴云锦（清）

【吴云锦】字天章，乳东宝，号理斋，景宁英川人，乾隆甲辰科进士
考授训导。

升仙崖

望里临流碧玉峰，悬崖幽处问仙踪。

参差翠嶂浮云上，莆飒青林夕照中。

径断蝉声闻断续，山深鸟道倚高空。

攀援欲效升腾者，自愧凡姿恐未同。

鸬鹚十二景词

鹧鸪天·西岩狮舞

西岭潆洄缘岛屿，横山奔出狻猊舞。

脚踏仙翁授药门，肩跎孝妇升天柱。

仰穹窿，俯洲渚，五云散彩宜风雨。

岩止遗来两展痕，世间赢得千秋誉。

鹧鸪天·东障凤飞

高列重冈障翠微，森森乔木绕东围。

马鞍骒裘排金字，虎寨崔巍建绣旗。

龙斗聚，凤分飞，晴岚万缕丽朝晖。

奇形自得乾坤秀，润泽难忘湛露晞。

鹧鸪天·乾斗张屏

三台连鼎当乾陆，象纬纵横牵地轴。

巍巍嶂展锦屏风，屹屹盘根金斗覆。

来长流，布大谷，回旋控带如圆幅。

一团元气壮华居，万古画图归巨目。

鹧鸪天·午峰卓笔

崒嵂笔峰高插天，尖尖正午卓南前。

精灵呼吸动风雨，文彩腾空生雾烟。

奎璧畔，斗牛边，红光紫焰长赫然。

余将收拾润喉肺，六合一呵气塞填。

鹧鸪天·双溪合襟

东一派连西一派，翠萝碧玉环襟带。
长源滚滚接昆仑，巨浪滔滔奔海汇。
鼓沧浪，歌欸乃，鸥沙莺树还相待。
试从槎家问星河，更有谁人到天外。

鹧鸪天·孤云逸趣

万里长空绝点尘，一团灵气霭清晨。
无心来去从风籁，有意进随伴月轮。
形耿介，态奇新，阳台谁复忆巫神。
鸣鸣天际笙箫响，达送蓬莱跨鹤人。

鹧鸪天·四岸联桥

巉石磴层层夹高，断崖相向驾双桥。
鲸鲵跨壑风烟迥，蟃蜒横空云外遥。
车马动，咏歌谣。任渠春浪起潜蛟。
孝仙不用重浮伞，稳作天梯步九霄。

鹧鸪天·牛岭坛门

牛山迢递通幽远，仙坛相对松阴静。
一溪蔼绕青潭流，雨壁霞明赤岩岭。
石梯斜，石门并。石床露湿云长冷。
拂苔欲待授丹翁，长啸一声林壑暝。

鹧鸪天·龙潭石印

汇渥润湾瑞霭凝，潭心透出石龙瑛。
良姿岂亚荆山种，异物终成庐水名。
崇至宝，萃晶莹。巨灵诃卫障东倾。
几番霹雳轰天鼓，鲸跃蛟腾海宇惊。

鹧鸪天·仙宫腾霭

孝妇飞星千百载，仙宫日盛香灯叻。

一泓泉水化甘霖。两屐苔痕腾瑞蔼。

俨如存，昭若在。江闽相属覃恩凯。

世人知仙不知孝，孝仙同光天地彩。

鹧鸪天·深巷歌声

月上孤村飞鸟宿，深巷夜静鸣丝竹。

莺舌调风吐滑珠，梅花落雪飘轻玉。

遏云霄，绕梁屋。河斜斗转声尤促。

霭霭欢歌乐未央，扶桑高叫鸡咿喔。

鹧鸪天·梵宇鸣钟

曙色熹微宝殿崇，莲台隐隐动晨钟。

月斜佛榻霄烟淡，花秀禅林晓露浓。

痴海净，爱河空，觉皇开路警迷蒙。

鸣挝百八敲方了，遥见山门日影红。

十二景偶成八韵

山水钟灵处，幽奇景足夸。西峦狮踞啸，东嶂凤飞斜。

乾斗张屏丽，午峰卓笔华。双溪襟带合，两涧彩虹跨。

牛岭坛门异，龙潭石印嘉。仙宫腾紫气，梵宇覆青霞。

深巷歌声迥，孤云鹤影遐。结庐庐水上，晤对亦无涯。

王立和（清）

山下双凤披翼

凤翼交披局象新，观来看脉两边真。
鸡鸣四庞非断续，男耕女织世宗珍。

两龙绞花

龙交龙绞亦希奇，大象自生大贤人。
四路川环双相对，花开花落读书时。

高钉低埠

高钉八步万年名，低埠十步千秋呈。
粒粒晴时龟出现，如珠雨后既浦形。

左碓右祠

祠路塆弓越行程，诸绅谓之非可评。
水声碓响同入耳，却似祭时鼓吹亭。

内樟锁口

樟木原栽有何功，生住水口荫多蓊。
四季叶青无改色，拦风锁镇出英雄。

景宁古诗 瓯源诗路

风峦拱秀

峰峦围绕歌胜境，拱秀清朝永榛苓。
加毓旋归山孔固，青青不易地生成。

山岩出洞

怪石奇形生石仓，山开芙洞无改容。
惜非瀑布泉里出，下面多屋并田庄。

潘临豫（清）

庙后奇峰

一峰庙后山，登临见行人。
炊烟离瓦白，高树出墙青。
仰观千百雉，遊灯似落星。

石朱丹墀

我取庐山瀑，移在此地看。
时将一川石，泻出群玉盘。
练白香花散，歌吹空云端。

前溪春水

前客淹留处，溪边半为家。
古苔生窄地，秋竹隐疏花。
俗内人无井，田间土有沙。

周　翔（清）

高楼锁月

闭凭楼顶试京观，父老私随说保安。
树暗人家灯影远，窗疏竹几月弥寒。
阶庭无主知苔滑，信宿有缘到夜阑。
从此梯仙怀好侣，自拟身在白云端。

横山抱水

何处飞来石骨横，崭然雄峙自天生。
朱坑春水波涛壮，碧嶂朝岚体势平。
廻望忽迷泉去逸，翻身方见斗移轻。
炊烟树底冲寒出，夹着流云竹里行。

柳光华（清）

【柳光华】（1749-1829），字丽天，号晴洲，小字东鹤，景宁县英川楒堆村人。祖上曾获蒲松龄赠送的"河东望族"匾额。柳光华才思过人，出类拔萃。处州府学教授张俊为柳光华北上廷试设宴，亲赠《饯行赋》，景宁学教谕查祖香吟诗《和前韵送柳生光华北上》，恩师朱珪更是赏识有加，誉其为："秀标东箭，价重南金，许为括属伟才，名冠浙东"。1789年己酉年（乾隆54年）柳光华赴杭会试，以本科考浙江省第一名成绩录取，"考元入府学拔贡，"候选，"一榜给咨送部朝考"。以上资料见《景宁县志》乾隆篇。

葛山箬峰拱秀

看山宜向葛山登，岭登一级山一层。
层层拥翠起天末，三方环拱何峻嶒。
峰头个个争成笔，尽向诗人门外出。
其中秀拔难为朋，只有箬寮尖第一。

苔清流涧

澄莹曲涧绕萝峰，泂酌应湔磊块琼。
风外清音时聒聒，雨余新涨暴汹汹。
磑田今润春常足，轓碓临流日自舂。
更有悬崖当岭畔，晴云飞散炎天浓。

柱石凌霄

间来振衣一千刃，片石卓然踞雄峻。
撑柱云霞星汉间，气含山山风雨润。
异哉造物将奚为，此渐渐者亦大奇。
夏屋横梁需柱石，移以支之无倾危。

云海奇观

没廖天晴宿雨收，红日丽空云下浮。
我来著脚云之表，你看群山皆露头。
山如岛屿云如浪，七八十里白漭样。
欲借仙人天上舟，鼓枻往来千峰上。

清溪把钓

葛山山下溪几曲，泉水轰腾石凿凿。
沿溪是石皆渔矶，时数游鱼上滩跃。
稻花落水鱼方肥，竹筐箬笠趁晴晖。
钓得金鱼大盈尺，日暮岭长犹未归。
看上更宜仙山上，四顾茫茫天荡荡。
天空地迥无一物，眼下千重万叠嶂。
自西而南北之东，闽硚越山皆望中。
天穷云尽不知处，回首昌合生长风。

磻亩春耘

葛山十里对西山，一大湾藏两大湾。
神堂吴处梅花岗，鸡犬相闻田亩间。
山田鳞叠缘山起，百折千盘接春水。
东风吹雨杏花飞，千耦其耘白云里。

祠桂秋芳

何年桂树老村西，荫映祠庙连芳畦。
遥与村东后生者，万斛金粟翻玉犀。
白云溥溥秋光曙，众香国在云深处。
西风东吹又西迴，十里浓雾互东去。

葛山晚眺

山外山连云外云，沧桑展眺满斜曛。
千重翠黛天边出，万朵青莲睫下分。
东指明霞生大澥，西来爽气接鸾雯。
振衣一啸天风起，几度警飞雕鹘群。

庵钟晚响

山庵幽绝傍村坞，满院苍苔长闭户。
老僧说法无天才，旦晚考伐仇钟鼓。
日落月上光徘徊，花前索句费诗才。
不知青丝发多少，白云堆里钟声来。

四山拥翠

南山峨然来，峦头标气魄。
前山西北东，排碧拱尔宅。
岚翠日氤氲，相对如主客。

景宁古诗 瓯源诗路

双涧澄湍

双涧清冽绝，水哉奚云黄。
一夕春霖骤，浊浪奔雷硠。
有叟把竿游，石斑常满筐。

古里仙祠

故里遍禾黍，新祠仍旧处。
松竹泉石间，徘徊清世虑。
年年夏景长，箫鼓迎神去。

长桥飞阁

板屋建长桥，跨流续山址。
缥缈之飞楼，结撰凌空起。
振衣吟登塔，放眼怅已矣。

蟠龙三井

高下三井连，左右两壁耸。
万古有龙蟠，窅然飞雪涌。
石闸何太奇，不负攀窥勇。

悬钟独峰

探奇横山外，挺特讶孤峰，
石岩千仞直，仰见悬空钟。
其下龙湫响，噌吰若春容。

龙会山庵

云岚深处访金仙，荦确通幽略约悬。

满眼秧田清折叠，侵梧蓁竹翠便娟。

旃擅味向花香觅，梵呗声从鸟语传。

欲参禅分二谛瞿，云色相忘已忘诠。

楗堆八景（附小记）

马头拥翠

余屯坐西兼北向东南，后山极高，其巅自西迤东，横十里许。东头昂耸，若马首然，故以名，山又呼"马头寨"。西北麓村落隶庆元，东南隶景宁。其昂耸之顶全石崖也，无木惟草，有崖洞有石。相传仙灵所止，称曰"白鹤仙"。训鹿群游则曰仙所豢也，无能捕者。遇旱祷仙有验，云出必雨。昔有村曰"徐岱"，在砦下，居址废为田。自是而降十余里至余屯。登马头之巅，四望无际。

有诗为证：

马头豁翠微，白鹤仙人住。

香炉袅清烟，石洞吐寒雾。

云气时往来，有祷雨奔赴。

笔架排苍

此余村朝向东南维正对之山，途距十里而对，空约略四五里耳，平列四峰，南三峰意若以两一侍者，东峰形合神离，顶略开丫，洪源村后山也，四峰横长亦十里，朝霭夕晖，烟岚变态，日在户牖之前，襄以笔架之名载入县志。顾惟昏夜四影矗空，其下之大皴大折，悉泯不见，然他山称笔架者，数峰仅足当吾之一，且安所得如许巨笔架之。吾深嫌其太大，或曰山外之箬寮尖峰，庶几笔矣乎。

有诗为证：

峭石立四壁，巽峰抽笔尖，

其间凹凸处，俨若笔格添。

烟云一挥洒，苍麓排书签。

桃坞渔矶

　　洪源溪亦见邑乘，源出万里林乱山中，流绕村下。沿溪多竹树，至岭尾一板桥跨之，旁有桃枝松桂诸树，断续掩映，溪水清绝，游鱼往来，溪中多大石，时有踞石投竿者，余独憾其流太驶，多濑少渊，乏渟涵深静之。趣桥东即洪源村庄，桥外西北来一涧，合入溪亦可钓。

　　有诗为证：

尔源出山中，尔流绕山外。

点缀数枝桃，小桥为之界。

钓不蕲得鱼，得亦未肯卖。

坛头百柬

　　村西山名乌糯岱，其上即马头之西，眷险峻甚难跻，跻其上，则长松细草，瑰石参排，清泉一勺渗溢草，石间地颇迤衍，以高寒，故不可垦。松间一巨石，高二丈许，围四五丈，石圆微斜，方顶平，可登周身，凹痕条条直下，若瓦溜，然深入数寸，阔亦数寸不等，如雷穿而深也，如绳锯而入也，如磋磨而滑净也。万仞穷巅，人迹罕到。余尝以卜葬历此，登石谛，视穷于思议，吾乡石皆顽，而是石之生，造物何为者，吁可怪也，以为生成其孰信意，神工鬼幻欤，不然苍桑未变，前人作欤，然究奚所取，诸奚所用诸也，乡人呼石曰，坛呼此石，百柬坛呼，蕨粉乌糯山多蕨，故名。

　　有诗为证：

众石皆成顽，兹石独昂耸。

沙痕周其身，自顶以及钟。

倘被仙人叱，百柬千毛孔。

梨湾春雪

村庐四畔多梨树，皆一二三百年者，东北小涧，谓之外坑沿涧，十数枝，轮囷疎笋尤为古植，余尝于叶坪头岭上回望，廿里外晴雪满山，已乃悟余家，梨花方盛开也。东北遮屋大楣十余珠，苍翠参天，风来涛声悠然，系康熙—年所植，以其大而逼压也，故无取。

有诗为证：

> 梨树种何年，寿与古梅匹。
>
> 湾湾沿涧边，花开如雪白。
>
> 梅雪惯争春，还恐梨花夺。

楮腹丛篁

村西里许，土谷祠即马仙祠，其东路外一苦楮，大数十围，高达四丈，强枝而不杪，腹空洞直上，旁窍可窥，向有毛竹生其中，附载县志，福兴庙注中，彼时二竹，一枯一生，今十四五年，踵生四竹，共有六矣，枯者尚在，其五皆荣，大如碗口，经三四寸，杪出于顶枝，多旁达，或出于窍，竹桑楮荣错杂，掩映楮亦凌寒弥翠也，又有松数株，高十余丈，挺直拂云，窥株仰看，竹抚松坐听涛，不觉胃膈如洗，又庙上下十里，一望皆竹林。

有诗为证：

> 竹效寄生草，楮腹偏诧根。
>
> 枯者历年久，荣者生四孙。
>
> 竹楮翠接桑，同参不二门。

晴云幻海

上至山椒十里，下至洪源五里，庐舍在山十五之中，隔溪东南，诸山罗列，一望无际，乃若天晴雨霁，晓日三竿，残雾宿云，不腾上而缩下，弥漫数十里，壑谷皆满，群峰露尖，从云上观之，如高浪驾天，雪涛万顷。《朱子性理天文篇记》登云谷，晨起所见如是，拟之海洋，又《孔贞甫记》登岱，所见亦如是。

有诗为证：

> 黄山记云海，此地此景侔。
> 上山云气敛，下山雾气浮。
> 山灵举巨囊，雾与云兼收。

白际飞泉

　　东风入律，千山草枯，野烧延烧，火龙蜿蜒，每当春暖霄澄，月斜星耿，登高望远，绝胜鹤溪豸山间桥灯灿灿也。由土谷祠西入半里，有山碓水舂，在两涧之间，涧水俱从山上落出岘之际，石壁十寻人呼白水际。仰视千仞岗顶，白练翻空，如在天上，冬寒水涸则瀑布失，但见青壁悬澌溅，溅而已际左右及其下，多杂木深箐，四时苍翠，再下多磳田，碓外双涧合并谷口，廻合田间，有黄姓居址久废。

　　有诗为证：

> 草枯不复青，一矩断狱枉。
> 烛龙势蜿蜒，自下而上上。
> 但逢野烧时，辄作龙灯想。

柳杉黛色

> 望里炊烟袅复遮，排岗树影郁交柯。
> 一天云翠庭阴冷，午夜风涛枕畔哗。
> 竟使奇材依灌莽，谁将甲子数年华。
> 昂藏两大空搔首，几度斜日有暮鸦。

千嶂夕照

虚檐暝色半昏黄，义驭西驰到落棠。
山簇螺端齐照耀，溪临蜃窟已迷茫。
霞明遍彻东南嶂，烟界横分上下方。
此景最宜高引眺，重林万里蔚苍苍。

四邬春耕

春丽芳塍日正迟，韶光指点满东菑。
绿杨翻影风三月，红杏飞香雨一犁。
膏泽无私忘帝力，盈宁有象乐清时。
只今四邬欣秋获，宝气腾辉玉露滋。

永兴古社

涧复峰迴曲径幽，一楹社庙认桥头。
兰空是处崇仙阴，鹤水于今有古丘。
钲伞年年喧六月，松篁寂寂冷三秋。
间情爱踏椿如屋，啸频来倪碧清俦。

层峦拥秀

大造钟灵俨有根，万山高处结烟村。
圆芩朵朵环成障，古植森森阴满门。
偶向前冈寻叠石，还从此垄认三墩。
扶兴清淑应须有，好向青乌氏细论。

叠石呈奇

乍闻有石衣林隈，杕策探寻欲费才。

流曜何年光并损，断云自古影难开。

未邀米芾将袍笏，分可秋山倚草采。

却为登临舒远瞩，攒空蓉嶂送青来。

张　骏（清）

【张骏】字荔园，教授。

送柳生光华省试

文章小拔岂不朽，稽古食报亦非偶。

男儿有志事竟成，功名肯落他人后？

栝苍山水最灵奥，向来科第魁浙首。

极盛中衰衰复盛，文运循环理时有。

去年操鉴朱石君，下车即问景宁柳。

区区遴贡何足贵，要使奎躔入君手。

竭来赴试向我辞，壮君行色一卮酒。

方今锁院重淹博，大经小经任所扣。

谁云五色目易述，况乃荣光耀珠斗。

柳生柳生去努力，风送一帆有仙叟。

平生青眼无几人，会看青衣宴重九。

查祖香（清）

【查祖香】教谕。

和前韵送柳生光华北上

名山之业垂不朽，以身肩之事非偶。
传世不足问功名，科目居先选举后。
君才非徒一邑最，合郡相推指屈首。
即今身列拔萃科，才本宜然若固有。
匣中剑忆锋淬霜，梦里衣将汁霑柳。
正如从一上初桄，转眼桂枝扳只手。
乍闻莺啭迁乔木，旋听鹿鸣酌杯酒。
北征赋就献长杨，黄钟悉凭大小扣。
笔阵从教树鼓旗，文光真欲冲牛斗。
归来衣锦娱北堂，拜舞不殊老莱叟。
粉粉余子何足多，有若云梦吞八九。

已酉秋过六吉山房次罗明府原韵

彼都人士想依稀，旧德先畴辨细微。
家法不关师授谱，学诗图里悟神机。

霜点寒山木叶稀，明窗掩映日光微。
不教耳目清闲过，流水声参活泼机。

洪崖拍肩亭小憩题志

一亭排四座，位置恰天然。

石乳浮山脚，溪云拂槛前。

居稽延后裔，笑傲养余年。

偶入芝兰室，清谈结静缘。

英川吴氏塾中洪崖拍肩亭

恰好一间屋，伊谁曰不然。

水声来座右，山色映窗前。

树老几经多，鹤归那计年。

谢家诸子弟，与我结诗缘。

戴淦（清）

【戴淦】宁波甬江人。

英川新八景诗

前溪桃浪

层层春浪卷溪来，布绮舒霞未许猜。

应是桃源花放后，缤纷飘出百千堆。

后陇松风

谁种森阴百尺高，风来谡谡起波涛。

科头箕踞虬龙下，一洗尘寰俗耳嚣。

瑞呈石印

不雕不琢古图章，斗大黄金肯絜量。
好似桂山山后石，巨灵擘镇水中央。

吐气金龟

山泽由来气自通，呼吸道引石龟空。
只今盛世多符瑞，半在英川村落中。

虹影卧波

如入天台路未遥，彩虹落水驾长桥。
凭栏两岸归图画，听得溪声当玉箫。

鱼鳃浮石

昆明池畔石鲸鱼，鳞甲秋风动碧渠。
何日飞来深涧里，沉浮游泳影纡余。

亭壁蒙泉

亭倚山成山出泉，灵源不息日涓涓。
我来爱听清芬诵，活水频都活火煎。

双阁秋月

棱层双阁耸桥边，为锁云霞护洞天。
秋夜月明人对坐，水晶宫里挹飞仙。

任 涛（清）

秋日过英村留赠吴生作宾即次壁间王莘夫原韵

白云飞去半晴阴，迤逦南来日未沉。
待刈禾香齐展穗，欲残蝉噪有余音。
眼前流水波翻白，墙外秋花树满金。
至此已离城市远，清闲不受一尘侵。

戴 淦（清）

英川亭壁蒙泉

亭倚山成出泉边，灵源不息日涓涓。
我来爱听清芬诵，活水频教活水煎。

英川题壁

一姓人家共一庄，英川山色晓苍苍。
亭台络绎潺湲水，自是人间小武当。

罗兴禧（清）

寓英川继志书院与诸生论文

石乱云深过客稀，山窗兀坐雨霏微。
到来莫笑催科俗，尊酒论文得妙机。

景宁古诗 瓯源诗路

二八九

因公寓英村山房吴生天章授徒于此，因书以示诸生

人岂方隅限，英才起涧阿。

文章诚有价，衡鉴定无讹。

泮沼芹千叶，龙门水一波。

虚心求上达，勉矣勿蹉跎。

黄嵩龄（清）

【黄嵩龄】海峤人，曾任景宁县令。

戊申初夏宿六吉山房次罗明府原韵

野色苍茫树影稀，山田望雨雨偏微。

老农相与通情话，身背烟蓑自息机。

筍舆初下识人稀，静养山斋屏息微。

几日不曾劳案牍，鸢飞鱼跃见天机。

题英村吴氏塾中洪崖拍肩亭次查妙闻学博原韵

庚寅初夏，过英川仍宿吴氏六吉山房，手查妙闻学博题洪崖拍肩亭原韵。

俗吏劳行役，清斋自洒然。

风流犹未泯，文物胜从前。

伏枥鸣千里，催科历四年。

维摩方丈室，触目净因缘。

李春荣（清）

【李春荣】北平人。

壬申孟夏宿六吉山房次壁间罗明府韵

山径荣徊屐齿稀，劳人到此亦通微。
阿谁领得闲中趣，抛却风尘便息机。

纱笼锦句认依稀，前辈风流叹已微。
独有源头东逝水，唤醒痴梦见天机。

赵士霖（清）

题洪崖拍肩亭

山人好道趺洪崖，杰阁梯仙定有阶。
遥指浮丘垂钓处，更堪挹袖结同侪。

题英村临溪山房

乙丑春，赴乡宿英村临溪山房题请吴氏诸君子正之

延陵族盛尽随肩，一姓成村异市廛。
花鸟尽能悟客意，琴书多自守家传。
听泉赖有双桥锁，对酒同联三宿缘。
早慕鹤溪称胜境，不妨欲去更流连。

题六吉山房

泉声滴滴耳旁随，风送书香董子帷。

茶话好教尘虑净，一池活水照须眉。

胡述文（清）

【胡述文】北武昌府江夏县人，嘉庆十年乙丑科进士。嘉庆二十年任景宁知县，柳光华诗友，同治乙丑年著《带溪十咏》：苍龙卷水、伏虎饮泉、东山挂榜、渡品浮槎、前对笔峰、后倚画屏、双印呈奇、一笏献瑞、长溪环带、合涧垂虹。

初过六吉山房

六吉山房，吴氏家塾也，众山环翠，中构瓦屋数椽，凿以方池，颜曰"方鉴"。后引南涧水入池，宵画潺湲，颇似雨声。予初过此，铜陵黎川黄明府与柳生晴洲偶韵，有"月移树影疑人影，风送泉声乱雨声"之句，确肖此境，为续成七律一首。

匼匝青山绕一村，只缘督课款柴门。

慈乌有意投林宿，活水何人导涧源。

月影渐移花影上，泉声错听雨声喧。

主人爱客频相问，不解乡音未厌繁。

再过六吉山房

半天云复众山撑，茅屋方塘鉴亦清。

野雀窥人浑不避，好花对客且相迎。

月移树影疑人影，风送泉声乱雨声。

羡尔成连居海上，竭来此地也移情。

景宁古诗 瓯源诗路

吴云锦（清）

题咏英川胜迹六首

雨后溪浪

夏雨倾盘集众流，狂波奋击滚珠毬。

惊看动地轰腾响，好似钱江八月秋。

双阁秋月

一阁西兮一阁东，往来恰喜一桥风。

清秋夜静真宜月，更上层楼眼界空。

半轮亭

山根有路路临流，更有闲亭在上头。

吾祖当年游息处，倚崖傲作半轮秋。

斋外竹

斋外青青竹一林，宜风宜月又宜琴。

我甘淡泊形虽瘦，幸有此君免俗侵。

大士阁

巍然杰阁翠微间，大士跏趺岁月闲。

凿壁成龛粧妙相，此岩漫比石头顽。

村桥

长桥屈曲锁溪东，仿佛天边挂彩虹。

履道百年欣坦坦，此间何必有仙翁。

题咏英川胜迹四首

游半轮亭

半轮亭子势嵯峨，几度登临蹈经莎。

缥缈轻烟笼峭壁，玲珑好月印清波。

石泉韵玉尘怀净，檐鸟鸣弦乐意多。

坐久不知迟日尽，兰风犹送暗香过。

登文奎楼

凭栏景象望中收，山色溪光日日幽。

崖壑有灵钟秀气，登临随意散闲愁。

雷轰春雨头边过，松冷秋烟脚下浮。

翘首文星欣未远，壮怀何日始堪酬。

瞻大士阁

一壁崭然豁洞天，普陀色相此间传。

俗缘未尽休谭佛，佳境来游胜学禅。

活水门前浮日夜，空山阁外匝云烟。

会心若到忘机候，莫道红尘不是仙。

过继志书院

春融讲席暖疏棂，秾李夭桃种满庭。

一道源泉词薮聚，千寻秀峤笔头青。

窗前桂影连文藻，阁上奎光映德星。

绳祖贤孙勤课读，传家继志有遗经。

吴徕松（清）

【吴徕松】号鹤巢，景宁英川人。

临溪山房春日杂题

小小书斋面水开，纸窗粉壁白皑皑。
树阴分绿过墙去，山色浮青入亘来。

轩小原名卑牧斋，客来话久两情谐。
忽然一阵香风到，吹得飞花满峰排。

小亭昼静午晴初，岩漾游绿乍有无。
捡点图中诸物色，蕉心抽出一封书。

地低恰好将亭补，园小偏怜得石多。
春色如何关得住，分栽先后几行花。

石峡拦门教转步，不容我辈径情行。
眼前解得无言谛，即是禅家棒喝声。

兰室门前石壁横，绿苔紫鲜足幽清。
沿缘石脉溁溁湿，竟有浮萍贴壁生。

秋月亭中石乳鲜，推窗送目水山连。
老成一去无消息，只有洪崖尚拍肩。

题平水阁

门在梧桐阴下入，溪从梦蝶枕边流。
村灯寺月清秋夜，少个诗人赵倚楼。

题赠山房桂树

老桂阅人三代余，寿高群木荫东隅。
可能解语吾将问，今日人情似旧无。

吴敦淳（清）

【吴敦淳】景宁英川人。

洪崖峰诗

亭倚屏崖四壁虚，藤萝深锁远尘居。
座余明府新诗句，匾赠洪崖旧隶书。
夜静溪声穿户牖，秋声佳子落阶除。
先公谢后门庭冷，犹有清泉守故庐。

层崖开径列峥嵘，勃窣sū奇形眼底生。
萝磴晓风留宿雨，石林寒竹动秋声。
凭窗下瞰潭千尺，凿涧长流水一泓。
记取书声人静后，桂花满树月华明。

英川晴湖

天然结构小亭横，旁岸临溪境界清，
看渡一篙新浪满，对山千树绿荫成。
樟当祠畔常栖鹊，漫携尊酒听泉声。

张　琢（清）

文昌阁

　　阁在村口，康熙间建，上倚青山，下俯寒涧，亦一村之锁钥也。苍松翠竹，前后掩影，往来过此，必停览焉。

高阁观无际，劳人偶驻旌。
尘心午夜静，佛火半龛明。
古树婆娑影，奔涛澎湃声。
如何泉石趣，肯易市朝晴。

阁后绿竹

雨后看新竹，森然个个清。
未知为宦乐，但味此君情。
直脚嫌邪曲，虚心淡利名。
不须十亩广，逸趣已横生。

林　茂（清）

【林茂】景宁县隆川人，号香山。

苍龙蟠秀

隆川山势壮遐观，吸海苍龙匝地蟠。
伏蜿凝青环屋畔，连蜷卷碧笼阑干。
月明髻顶珠初吐，云瀹蜂腰雨自溥。
欲叩松关春正好，桃花流水认云端。

长虹落彩

舆梁一带跨川横，曲径连蜷任坦行。
似雁初飞凌绝岛，如虹始见驾沧瀛。
济人犹感千秋颂，题柱还垂万载名。
谩道山桥希辙迹，民无病涉赞功宏。

四山环翠

青山环映郁腾芬，一碧芳辉接四垠。
草木萧森横落照，林峦枝桠密铺茵。
烟光暮罩青无垠，日彩晴薰翠更匀。
落向丹青传此景，朝阴夕照雨难真。

景宁古诗　瓯源诗路

双涧夹流

山源夹水总悠悠，行止无心自合流。
一匹练光迎晓日，满潭天色共清秋。
更无渔笛传幽馆，喜有钟音入晓楼。
敢效渭滨垂钓者，柳阴垂处下金钩。

龟岩露背

何处飞来片石奇，磐安屋畔若元龟。
烟浮霭霭凝吐气，雨洒淋淋似浴池。
碧草长春成画藻，苍苔亘古结藓皮。
不须莲叶巢偏稳，那问人间计岁时。

石剑藏锋

阿谁削就倚山巅，石剑依然万古传。
干将锋凌云汉表，莫邪气射斗牛边。
秋霜遍白巉岩秀，夜月凝光兵刃坚。
自古英雄难举手，只今长寄此隆川。

云楼清雅

坐爱云楼夏日晴，水光山色万峰呈。
满窗风月情遍永，半榻琴书趣自清。
碧草和烟当画静，修篁带雨入簾明。
梯仙有路欣攀跻，富贵何如一片轻。

古寺幽闲

松阴北地锁禅关，寺静人稀鸟往还。

日耀祥光弥梵刹，烟浮瑞气霭仙寰。

清风扫地僧房冷，明月传灯客兴闲。

薄暮疏钟声已寂，白云归去只空山。

吴敦淳（清）

【吴敦淳】字德懋，一字仲鲁，号暚湖，恩贡生，道光壬午恩考授教谕。

两石桥

一在村前，一在水口，乾隆间筑，琢石为梁，横亘数板，来往赖之。岁久苔生，微雨斜阳时，仿佛悬雨虹也。

上下何年架石梁，风风雨雨几斜阳。

三春泛雪寒涛壮，一路垂虹古道长。

漫忆成杠功浩大，翻疑合璧影青苍。

人家都在桥上看，树密烟深屋数行。

林　芝（清）

【林芝】景宁县隆川人，号丽山。

隆川合涧桥

桥在村首，左白坦涧，右蒲苏涧，两水至桥外合流，暴涨时岩石硲
斜，如滟滪不可渡，自建屋桥数间成坦途矣。当春时水声潺湲，花红两
涧，不异武陵源也。

两涧何年合，一桥终日闲。
桃花逐流水，未觉是人间。
两涧流来处，云深合一桥。
更无歧路别，从此入烟霄。

林　菲（清）

【林菲】景宁县隆川人，号滋秀。

合涧桥

涧水东西落，村人日夜过。
宛宛龙赴壑，隐隐鹊填河。
自此通云路，从今静海波。
夕阳桥上望，芳草涧边多。

吴道典（清）

咏塔后

无塔名塔世所夸，矗石生成寓故家。
居后山深连竹木，烟笼屋畔灿云霞。

深山何事最堪夸，耕织由来第一家。
木石与居游鹿豕，人间别自有烟霞。

咏戴山头

得得岩巅启一隅，坟坳行木耀名区。
胸前田亩团圆过，戴山头上出明珠。

森林竹木遍幽隅，叠叠园田满奥区。
自喜耕樵供饮饱，不愁薪桂米如珠。

陈学畴（清）

茶园碻亩耕耘

我来凭眺野田中，水满茁畲阡陌通。
千亩遥连村内外，百畦层摺屋西东。
春风回首靡芜绿，秋盈晔禾罢稏红。
老叟于今堪小息，耕耘大有庆年丰。

仓楼玩月

此夜凝眸月正光，高楼横亘倚斯仓。

长天一色清如水，照地三更白似霜。

雅爱摊书登北阁，想思把卷坐西廊。

田间蝼蝈声初响，不觉欣然整旧章。

竹涧清阴

涧笼修竹半天阴，聒聒鸣湍遇竹林。

静爱逢春花自映，清宜消夏暑难侵。

盘桓喜听苍篁韵，趺坐应弹绿倚琴。

何处红尘飞得到，泉声鸟语此中寻。

交笕双虹

道可西兮更复东，奇花夹竹映新红。

樵歌牧唱薰风里，鱼跃龙潜曲涧中。

横拥数山蟠一水，平分两地卧双虹。

登临兑病过脐涉，留住应期钜笔翁。

<u>佚　名（清）</u>

沙川双凤朝阳

舜赓来仪乐奏韶，羲皇蜗阁亦曾遭。

而今落迹予乡后，一对凤凰欲共巢。

伏狮耸案

天生吉兽在河东，开口回头振威风。
几时遣到沙湾里，伏守门前障一封。

佚　名（清）

三星拱照

古貌清奇恍逼真，巉岩连接似星辰。
年年面目都如旧，应是灵钟福寿人。

佚　名（清）

半月澄光

积善从来天不悭，祖宗丘墓是仙寰。
白沙片土圆如月，一半衔山一半弯。

佚　名（清）

带水潆洄

好山好水足迹留，吾侪生长在沙洲。
多情最是清溪水，不绕村边不转流。

佚　名（清）

雷滩鼓浪

龙门跳过忽闻雷，疑是神烧鲤尾才。
路上行人惊胆破，中流柱石出头来。

佚　名（清）

石佛点头

如来说法石点头，文武圣经感亦犹。
纵是心肠坚似铁，也应侧耳听因由。

佚　名（清）

奎阁凌霄

一层更上一层楼，映入清溪枕碧流。
高处最宜舒老眼，时来策杖自优游。

端木国瑚（清）

沙湾放船

恰似新晴放野航，轻欧个个出回唐。
一溪绿水皆春雨，两岸青山半夕阳。
时节刚逢挑菜好，女儿多见采茶忙。
沙头剩有桃花片，流出村来百里香。

陈元颖（清）

莲埠湖诗

莲埠湖头不见莲，野花啼鸟自翩跹。
不知山藏归何处，库岭深深库澳连。

石仙姑

花作胭脂云作肤，何年石立两仙姑。
疑从姮女瑶池会，一似前呼一后扶。

斗室尘封旧丽娟，仙姑名姓地名焉。
咸称此地多仙迹，应有仙人尽女仙。

袁　衔（清）

送柳生子宗回沙湾

荒城无客到，明日尔偏归。
溪水清逾急，秋山绿不肥。
危途猿正啸，小市鸟应飞。
相送知何处，苍苍望翠微。

二载峦山路，惟生可与言。
斜阳时策杖，落日每开樽。
沧海前期大，青山旧约存。
莫将剪烛话，轻与俗人论。

吴道元（清）

仙人云碓

仙人幻化有谁知，古碓长存史迹奇。
至竟清溪流圣德，长令舂米颂洪慈。

炳　文（清）

道化尖耸

卓峰独秀势参天，特地周围象万千。
映日浓螺开图尽，催春好鸟奏管弦。
危岩壁立重重合，白云深处淡淡生。
约伴同入登绝顶，踌躇双脚步不前。

纱帽岩高

神斤鬼斧夺天工，琢出乌纱傍屋东。
执惠启书容不改，亲戎助祭礼益隆。
拟诸鹤锦全无异，譬彼犀瓶自然同。
造化如其注意此，一经大用万国崇。

旗关古寨

北方古寨号旗关，秀发高峰翠屏环。
胜地重游人意好，柴门渐入路萦弯。
村中老少避乱去，防堵乡兵奏凯还。
目此高低留古域，和气尚可满人寰。

河边仙碓

仙人碓址始何时，宣德年间就有之。
浩水冲来全无恙，沙泥不入更称奇。
宫前古树遮风雨，水面生岩作地基。
或有经过道及者，查明邑志四方知。

牛塘早雾

石牛踏石自成花，长卧塘中照落霞。
早雾负犁忘耒耜，晚烟牴犊溥禾麻。
经年独踞古墓窟，镇日闲看野人家。
渐出函关长在此，涂泥求雨走黄沙。

马头夕照

龙纹虎脊客心惊，日夕照临分外明。
领缀银花长遗迹，蹄翻碧玉永不鸣。
惟因指鹿全身隐，不管为龙万里程。
此是山行真面目，所为特地作千城。

明　德（清）

华峰启秀

寻幽几辈费疑猜，羡尔华峰去又来。
雨湿乔林元帝阁，山衔夕照秘书台。
北方渐入多古墓，南渡斜穿近蓬莱。
若个写真苔壁上，天垂一幅画图开。

笔架呈奇

文星偏照化村坊，笔架俨然现此方。
螺髻平围横翠阁，鸦鬟耸崎映明堂。
玉成一带凌高色，绣出三峰巧样妆。
坐对西山来爽气，定占氏族姓名扬。

乃　章（清）

道化尖耸

拥翠南峰削出尖，参天拔地耸何严。
排空四面含光化，雁塔题名大可占。

纱帽岩高

一卷奇岩号乌纱，巍峨贵品壮英华。
不雕不琢堆高象，万世留传帽影奢。

旗关古寨

曾传古寨设高关，特表雄风御悍蛮。
际遇隆平思旧迹，旗悬码上出奇山。

河边仙碓

当年碓创社边河，贺说蓬莱降仙过。
洪水滔滔无异议，沙坭不入千古歌。

牛塘早雾

地列高巅辟一塘，何牛沐浴步登遑。
霞蒸雾霭驿毛现，永享山川耀故乡。

马头夕照

遥瞻马首出冈头，独立西山几千秋。
残照青黄多丽景，凭他奋策迹长留。

华峰启秀

葱茏可悦望华峰，峻岭湾溪启秀容。
虎踞龙蟠成墓荫，佳谈古庙著仙踪。

笔架呈奇

数峰屈曲列新奇，笔架天然似人为。
坐对文几怀鹿耳，挥毫写景吐香池。

惜字库

拾级齐登字库成，浩然天作惜文名。
云烟罩树夕阳影，露滴驱车早诵声。
江上士商谈净地，庙边师弟破鹏程。
圣贤片纸俱崇爱，麟吐诗书任玉评。

黄寮岭

隐迹斯源耐岁寒，粗衣淡食度朝昏。
远观瀑布图新画，近听泉声馈玉盘。
岭畔白云常出岫，山间飞鸟似知还。
宋朝多少功名子，算来独有自家闲。

库坑

四顾青山展画绡，个中胜概十分饶。
渊涵片月开新鉴，粉偃双龙下碧宵。
莺老花残春自艾，鸢飞鱼跃景堪描。
绝怜造物钟神秀，云锁奇峰耸翠翘。

喜吟坑冶

痴云敛尺楚天涯，六合回观绝点瑕。
启蛰龙蛇咸出穴，护寒草木总抽芽。
地晴村落家家燕，风暖园林处处花。
极目山光千里外，寻芳公子竞纷华。

<u>朱丹墀（清）</u>

新桥关护

题桥长卿志，秦关孟尝临。
新竖来雁影，防护豁尘襟。
去住原无意，盘亘别有心。

祠前苍松

苍松挺拔势参天，老干虬枝不计年。
羡尔结根诚得地，葱茏奕祀荫祠前。

仙宫古樟

古道淳风数此乡，箕裘世泽庆腾芳。
联将乔木征佳瑞，叶茂枝蕃有豫樟。

仙人云碓

仙人幻化有谁知，古碓长存迹较奇。
至竟清溪流圣德，长令春米颂洪慈。

文武神阁

翚飞杰阁景逾幽，最好传经课与遊。
试上层楼间注目，应思把笔踞鳌头。

文武庙

尚武崇文再鼓琴，题名不朽古及今。
门前过客览经济，庙里良朋畅德音。
蒲杏定程堪拜祝，帝潼祇驾豁期襟。
清时创造须行乐，万载常怀悟道心。

元帝殿

放眼欲疑彭唐庙，遊渡到题同伴娱。
绿水青山皆雅爱，樵渔乡里有良谟。
林皋惬我俨云路，石径动人岂迷途。
元帝治南居胜地，吟诗握笔颂仙都。

天仙宫

呵护国家似王母，建置祠旁化马宫。
道岸咏吟指仙碓，遊观叹赏志樟蓬。
馈羹浮伞修神德，酹禄惠财见圣功。
逸兴开期迎驾像，年年巧夕乐宸衷。

胡述文　琴姹（清）

带溪十景诗

苍龙卷水
百年地辟有齐功，一姓人家电画中。
霭霭红云凝瑞气，苍龙水上卷晴空。

伏龙饮泉
崚嶒之势爪牙分，雄踞常空百兽群。
更作惊人风一啸，东溪飞雨北溪云。

东山挂榜
青山一幅向东障，似榜高悬纸质苍。
共羡东瀛唐学士，千秋博得姓名香。

渡口浮槎

解缆蓬莱第一洲，桅樯雾罩几千秋。
斗中已属乘槎客，渡口何年又击舟。

前对笔峰

笔峰高耸立超群，势欲于霄入紫云。
亘古书空天作纸，朝朝看写太平文。

后倚画屏

混元神巧本无形，匠出西山作画屏。
曾是当时云母瑞，彩云犹护旧楼亭。

双印呈奇

渡口渡头两印章，双双对烁水中央。
苔缠蚪字何年铸，绝胜腰金斗大黄。

长溪环带

门前春涨满芳津，如带回环漾藻萍。
琤琮水韵凝玉韵，兰堂指日看垂坤。

合涧垂虹

对门小涧隔重山，雨后洪涛欲济艰。
仗汝填桥支鹊石，虹悬一缕任来还。

一笏献瑞

亭亭玉笏欲朝天，对拱丰碑不计年。
诗学家传看授受，他时便兆列班骈。

吴敦醇（清）

库川八咏

楮城环翠

沼洲远溯古时株，过客今犹问有无。

绿绕楼台城似画，青垂溪涧影难图。

千霄干远怀前迹，傍晚凉归忆旧庐。

惟有村边几树合，当年翠色尚非殊。

石印呈奇

何年星坠库川洲，石印潆泉不数秋。

篆出莓苔还古体，水由圭角却方流。

乾坤秀气征贤哲，涧壑祥光耀斗牛。

应产英才无世用，好从廊庙看勋猷。

一笏献瑞

亭亭玉笏欲朝天，对拱丰碑不计年。

诗学家传看授受，他时便兆列班骈。

瀑布飞雪

天际仙泉雨后增，飞流溅处石崚嶒。

恰宜看瀑来匡阜，何必观涛到广陵。

绝壁夜飘千尺雪，危崖春伴万层冰。

探奇安得梯崖际，直上青云我亦能。

风洞鸣珂

镇峰山下气冲融，石洞谽谺自有风。
仿佛鸣珂闻远近，依稀佩玉曳玲珑。
乘凉最合斜阳里，挹爽多宜正午中。
子期去后知音少，一曲高山和未工。

鱼鳍跃浪

天教奇石似鱼鳃，鳞甲嶙峋势不回。
何岁扬鳍高海溢，于今鼓浪走风雷。
春波直欲化龙去，夏雨几曾泽物来。
跃上禹门天路近，劝君努力莫徘徊。

龙舌喷泉

龙舌涛声澈远风，石棱齿齿露玲珑。
狂翻骇浪流初下，努触旋涡势已雄。
吼硿一声林麓外，嵌空万窍水云中。
倚楼更看前滩雪，似到瞿塘觉句工。

镇峰拱秀

举头瞥见玉芙蓉，生面别开有镇峰。
云气空濛新雨碧，岚光掩映晚晴浓。
霾收忽露林中寺，日落惊闻竹外钟。
最爱清游如画里，轻烟淡淡树重重。

晚渡凌波

晴溪凝碧景融和，画艇轻从练影过。
水长半篙溪晓绿，人飞双桨汛春波。
迎风送雨穿涛急，刷翠沾红掠水多。
赖汝济人功极大，库川利涉今如何。

严用光（清）

分咏库川八景

槠城怀古

先人遗植久荒倾，剩有槠城旧日名。

乔木百年溪岸改，沙洲一带草痕平。

颓垣寂寞花无语，野馆清凉鸟自鸣。

留得豫樟环渡口，寒蝉满树作秋声。

石印呈祥

文星偶坠库川旁，石印俨然现一方。

鹊化常年惊幻绝，鸦封终古羡奇祥。

波澜力挽擎孤柱，圭角生成峙讲堂。

秀发精英垂不朽，洞天管领护仙乡。

瀑布飞雪

悬崖壁立白云堆，瀑布飞空逐雨来。

仿佛炎天飘细雪，依稀平地起轻雷。

千重练影难描绘，百丈晶帘费剪裁。

此是庐山真面目，珠玑错落满溪隈。

风洞鸣珂

镇峰山麓树阴团，洞口风生夏亦寒。

隐隐玉珂鸣石上，锵锵环珮振林端。

纳凉时觉尘机息，留客处宜溽暑阑。

八角亭前频结伴，携琴尽日好盘桓。

鱼鳍鼓浪

怒涛激石势难回，恍见神鱼路浪来。

此日鳍扬掀夏雨，他时翘尾挟春雷。

风云阵阵波立如，鳞甲粉粉雪作堆。

咫尺龙门当即是，飞腾有路漫徘徊。

龙舌喷泉

鼓棹平川气象宽，又闻龙舌是前滩。

雷声吼处危石咽，云气嘘成涌急湍。

翘尾飞升清雾卷，昂头呼吸碧烟团。

浮槎直欲冲牛斗，破浪乘风作大观。

镇峰拱秀

东来紫气护村前，上有镇峰秀矗天。

螺髻平围岗岭合，丫鬟耸峙雾云连。

晨钟暗渡晴岚外，古刹隐藏秋树边。

库藏只今何处觅，层峰深锁万重烟。

晚渡凌波

守望楼凭绿水浔，津头乘兴一登临。

崖边樟树含苍熊，槛外溪流递好音。

唤渡行人喧薄暮，投林宿鸟噪浓荫。

他时作楫巨川用，常抱庶民利济心。

库川杂咏

饭甑峰

形如饭甑势峥嵘，万壑奔涛壮雨声。
合与印坛同不朽，天教特地作干城。

镇武尖

观音洞口翠烟浮，镇武顶高足胜游。
晓霁初开岚半卷，淡浓山色正盈眸。

镇峰

万叠层峰接蔚蓝，镇峰秀出碧云端。
阴阳变态描难尽，图画天然倚槛看。

石印

神斤鬼斧琢难成，圭角天然水面擎。
长峙中流为抵柱，狂澜倒挽责非轻。

鲤鱼鳍

嶙峋石耸水潆洄，仿佛扬鬐跃鲤来。
此去飞腾应得路，为霖端赖济时才。

龙舌滩

刚说鱼鳍过急湍，又惊龙舌下滩难。
凌波直拟扶摇去，浪跃禹门起壮观。

库溪

山重水复自成村，一道溪流直到门。
库里风光奇幻甚，行人争说武陵源。

温泉

温泉清冽几泓开，知是源头活水来。
清浊山间自由取，沧浪歌咏共低徊。

守望楼

守望楼迎古渡头，衢通村落景清幽。
卜居地据溪山胜，岚影波光面四收。

库川渡

一溪新碧泛澄清，守望楼看浪未平。
为报舟人天气好，轻舸利济趁朝晴。

文昌亭

亭前古木有青葱，老干虬枝接太空。
最爱斜阳风色紧，涛声捲入白云中。

流水漈

溪环屈曲岫岩峣，深谷幽崖景色饶。
瀑布破空悬石壁，分明云雾卷重霄。

风穴

天开石穴起清风，冬暖夏凉傲化工。
未解个中洞燹理，欲将消息叩苍穹。

社树

层层翠黛直撑空，映护坛碑福荫隆。
楮树千枝樟数本，长垂惠泽总无穷。

金士衍（清）

库川村

名缰利锁不关于，钓水寻山得自如。
两岸幽芳风静后，一川好景雨晴初。
芦花秋渚争翘鹭，梅磴诗囊在蹇驴。
中有义皇高卧处，清闲无梦到华胥。

吴裕中（清）

高演序伦堂会诸绅士留宴作

济济英才序一堂，欣看桃李总成行。
漫言耕凿人情古，尤见诗书世泽长。
俎豆适当轮奂美，簪裾如带藻芹香。
到来莫道催科俗，樽酒论文快举觞。

严用光（清）

高演任氏家谱诗

万山堆案月轮高，胜日来游意气豪。
突兀奇峰环四面，长空乔木卷寒涛。

高演任氏族谱诗

巍峨峻岭接云空，复嶂重峦路尚通。
地势恍遊盘谷里，人家如住辋川中。
派分丽邑源流远，郡赐乐安门第崇。
华谱篆修兴未艾，留诒百世振宗风。

古木朝晖

乔木森森直矗天，结根早历宋元年。
苍枝叠叠迎朝旭，翠盖层层罩晓烟。
异质奚须梁栋选，奇材常荫子孙贤。
芳祠托庇钟英哲，长卜千秋世泽绵。

雾岗夕照

长年雾气锁高岗，岫岭回环位震方。
旭日朝升岚霭霭，斜阳返照色苍苍。
千重霞彩飘余绮，万叠云容映末光。
最爱彼苍留晚景，天然一幅画图张。

金峰晴岚

金星下降拱村前，山以形名得气先。
一带晴光常缭绕，四时佳气最暄妍。
发祥祖德诒谋远，启秀孙枝衍庆全。
济济英才当蔚起，地灵人杰不虚传。

凤山霁雪

果然飞凤集林端，天劈佳城瑞霭团。
积雪新逢开霁景，祥云时见护崇峦。
九苞定卜文明启，五色还教锦绣攒。
鹊起人才应自有，羽仪长沐圣恩宽。

豸顶间眺

山龙远自闽中来，发脉分支吉壤开。
地以凤飞称吉穴，形如豸伏产英才。
凭临已踞全村胜，俯眺还应一览该。
如此名区真觉少，扶舆清淑愿栽培。

云庵幽憩

回龙桥畔送钟声，宝刹犹存旧日名。
四面云山含古意，一林烟树喜朝晴。
新诗赋就思呈佛，佳趣觅来快适情。
久憩不嫌归太晚，远峰犹挂夕阳明。

叠石呈奇

嶙峋四面总擎空，磊叠巍然夺化工。
壶里九华差彷佛，洞天一品见玲珑。
搜奇康乐襟怀旷，下拜襄阳意态雄。
卓立千秋名不朽，桂山石印合相同。

三桥环胜

峰环涧绕本多情，叠建三桥似列城。
仙岫平围螺髻合，金山对峙翠眉横。
携樽来访屯云径，曳杖去听流水声。
驷马高车何日过？题余弥觉畅遊情。

林祖岳（清）

登高闲眺

山势匝枢环，圈豚排松树。
稻田青折叠，万瓦鳞鳞露。
一览快双眸，相将岗顶去。

水口乔木

乔木争天立，难将甲子考。
只为置身高，惯见曦轮早。
清厂午阴中，树根读书好。

林祖仲（清）

水口古木

乔木森森亘古蟠，纵横水口胜砂栏。
千寻密叶三冬暖，百尺浓阴六月寒。
如嶂如屏扶桑叠，似幢似盖绿云团。
地灵钟毓梁栋器，为干为桢可频看。

登环胜桥歌

高莫过环胜桥洁，莫过屋后岚一岚。

前边到影层桥里，岚光桥色明如绮。

谁家老叟携杖来，对此环胜快悠然。

登楼植杖聊停坐，书声听罢望耕田。

任曾鲁（清）

一桥环胜

山川须锁钥，结撰势凌空。

桥成三层秀，更教气象雄。

一座巍然列，人力补天功。

马仙行宫古木

苍苍乔木势凌空，古迹于今垂圣宫。

久饱冰霜炼筋骨，常沾雨露仰苍穹。

几层密护霓旌耸，数丈高悬羽盖崇。

翘望卢山遗迹异，神恩永庇林墩中。

林墩四围屏山

翠绕林墩黛色环，登楼倚槛望屏山。
横窗四面叠螺髻，深院一带锁玉鬟。
地廻群峰开画本，景幽远树列仙寰。
绘来如出王维笔，秀毓人英在此间。

林上贞（清）

龙井瀑布

碧水悬流百丈峰，千岩秀耸对苍松。
劈开玉峡花光影，倒挂银河翠色重。
济远横将云雾敛，为霖见用雨烟冲。
源泉混混无时息，四面青溪尽朝宗。

林上昌（清）

祠前翠柏

祠前翠柏系谁栽，互影门庭黛映堆。
种植当年人已往，于今闾里赘高魁。

翠柏坚贞傲岁霜，森森挺立在门傍。
问那培植人何在，前韵题名万古扬。

景宁古诗

瓯源诗路

林祖佑（清）

林墩四围古松

数斗红尘里，偏来景物妍。四围多翠竹，一带尽苍松。

地以栖鸾胜，枝因舞鹤传。蟠根邀凤集，劲节待莺迁。

月影龙蛇动，风吹箫籁连。林墩钟毓厚，世代植群贤。

林高回（清）

屋后古松

林墩佳景映苍松，奕世栽培屋后峰。

干似龙森鳞百尺，枝凝凤羽翠千重。

岁寒不改春秋色，气暖时栖燕雀踪。

黛映一村垂阴远，愈长愈久愈葱笼。

龙井含辉

峻岭深潭景最幽，名称龙井播千秋。

高壑泻水珠光喷，叠石兴波鳞映浮。

苍松石照

四壁苍松黛影多，西归燕子夕阳斜。

清晖远映无穷碧，一色葱茏景更加。

乔木朝晖

古木参天屋角头，清晖始照影先浮。
枝高不受群峦嶂，故尔恩光趁早流。

屋后晴岚

屋后峰峦正可嘉，晴明更觉景弥赊。
岚光映黛楼台碧，瑞气呈祥庆岁华。

维城甫（清）

宫前古木

古木循墙岁百年，孤高挺立耸宫前。
浓阴好趁云阴护，翠盖如同羽盖悬。
老干经霜岁月久，扶桑映日斗星躔。
知因宇庙规模改，故尔枝头色色鲜。

林绍荣（清）

步叶前韵

亘古于今岁度年，浓阴密布护宫前。
长条特达霓旌现，籁叶生新翠盖悬。
劲节孤标灵有象，苍颜秀毓瑞应躔。
千秋植立常常在，遂尔循墙色较鲜。

景宁古诗 瓯源诗路

三三八

登 明（清）

墩前古木拱秀

森森古木碧参天，培植曾经数百年。
拱向门前迎旭日，斜遮屋角带朝烟。
奇姿不愧栋梁选，异质尤征晚节坚。
庇荫芳村钟哲后，千秋永卜瓜瓞绵。

任殿斌（清）

林墩胜境

山龙远自闽中来，发脉分枝佳壤开。
古木四围风乍起，井潭数丈水征回。
临墩已据全村胜，登阁还应一览该。
如此名区真觉少，只凭大造笃因材。

东阳卢士（清）

高演

通都大邑人争驰，一泉一石小亦奇。
云深树密无人处，虽有佳山哪得知。

三一九

雾岗夕照

夕阳到西山，螺端齐照耀。
雾岗峨然来，势独居其腰。
徙倚望晴空，一派红于烧。

金峰晴岚

山形如星角，舒拱排一座。
日出清如洗，岚头撑扑亚。
白云似有心，往来如避舍。

凤山霁雪

天公为玉戏，一夜千山白。
太阳遍地来，琼瑶化为液。
年年凤山坳，皑皑有雪积。

云庵幽憩

欲扑三斗尘，须入云庵内。
诸佛与众真，一一瞻意态。
不风人自凉，既来还思再。

叠石呈奇

此石谁叠来，迹奇理殊怪。
岂是夸娥移，举之如拾芥。
倘遇米南宫，想当一百拜。

三桥环胜

山川须锁纶，结撰堪凌空。
桥成三虹影，更教气象雄。
倘有骑驴客，诗思将毋同。

佚　名（清）

大地层崖瀑布

溅玉跳珠碎复连，和云飞下碧崖前。
喧豗怒作风雷撼，惊起蛟龙不敢眠。

佚　名（清）

玉林僧院

借得此园宝地开，菩提花果盛栽培。
白云深处红尘远，时觉钟声月下来。

天马行春

何时天厩失骅骝，独居深山志不酬。
童稚只当渔樵乐，直把神驹视如牛。

佚 名（清）

洋排岱后陇松风

谁种松荫百尺高，风声谡谡起波涛。
科头箕踞虬龙下，一洗尘喧俗耳嚣。

佚 名（清）

庭右石印

庭边似玉印成山，北向南朝四境宽。
不是阴阳真眼力，谁能指出与人看。

严品端（清）

苍龙列嶂

苍苍山势自西东，掉尾昂胸四境堆。
恍恍群龙蟠海底，还如猛虎踞林隈。
梯田垂垒成鳞甲，草木青葱尽楚材。
村后村前资樟蔽，库源深处望崔嵬。

樾荫迎晖

槎枒古树荫村西，历宋元来累代祭。
老干参天盘屈曲，浓荫覆地影扶疏。
葱茏瑞气晨曦照，荟蔚繁枝夜月梳。
炎夏披襟无限好，夕阳斜挂晚风徐。

半岚浮霭

群峰高欲与天齐，半岚云封天影低。
雾气横空笼上下，岚光列岫映东西。
晨烟散处鞭耕犊，夕照斜时归牧羝。
一幅辋川真画本，骚人到处任标题。

陈瑞隆（清）

秋炉十景

旗山雾画
一面军旗立北边，阴晴雨雪象万千。
轻风醮雾随心画，龙腾凤舞马着鞭。

雀屏晚秋
孔雀开屏色彩鲜，秋霜笔抹更斑斓。
枫红楮紫松篁绿，五色层峦展大千。

石龙昂首

昂头摆尾正飞天，浩气雄风生紫烟。
吐沫倾成轻锦缎，飘忽垂落吾跟前。

一坑飞练

石梯步步向蓝天，玉锦疋疋挂眼前，
远看垂帘云际落，近听丝竹水边弹。

玉仓霁雪

玉仓一派雪茫茫，午日铺光绛紫镶。
白里透红腾瑞象，落霞晚照更辉煌。

乌犀溶金

双峰衔日落西山，恰似金球钻地坛。
霞彩随风披皂服，欢呼冰镜亮九天。

夏溪童趣

秋溪夏季水流贫，光腚孩童喜不禁。
捉鲤泅潭抓小蟹，河中摸月见天真。

樟臂天桥

香樟年年有功劳，伸出杈丫架小桥。
暴雨漫溪难涉水，缘枝越过乐逍遥。

桂雨飘香

村尾村头植一树，全年四季送花香。
轻风吹落桂花雨，满地碎金茶叶当。

景庆官路

大道直接到庆元，通达福建接边关。

初春杜宇红千里，秋末苦槠落万筤。

青草坳头防盗匪，临江岗顶拜神仙。

上州下府官商路，秋后农闲去蕈山。

严品端（清）

半山诗草

磳亩耕耘

由来百姓重耕农，况复山居少御冬。

上下梯田时播种，东西垄田老扶笻。

云霓愿遂如时望，风雨不闲憔悴容。

但得年年丰五谷，辛勤村妇莫辞春。

碧鹳高岩

岩岩维石耸高峰，鹳鸟飞来秀气钟。

一卷斑痕滋碧鲜，四时黛色映苍松。

翔翱只觉群峦从，唱和何时遇世雍。

傍晚登临无限趣，夕阳斜照羽文丰。

岑楼读月

家声玉振在读书，寂处深山老自舒。

展卷楼头光透月，高吟夜半影移庐。

秋宵雅得欧阳趣，力学何惭陋室居。

寄语同堂诸小子，青春莫负奋斗余。

沈　野（清）

【沈野】字从先，吴郡（今江苏苏州）人。清代著名篆刻家，印学理论家。

印石

清晓空斋坐，庭前修竹清。

偶持一片石，闲刻古人名。

蓄印仅数钮，论文尽两家。

徒然留姓名，何处问生平。

端木顺（清）

【端木顺】女，字少坤，青田人，清代女诗人。端木国瑚次女。通经史，长诗文。去世时未过而立。有《古香室诗稿》传世。

小溪

渡口柳如丝，烟村淑气迟。

浣纱人去后，潭水空清漪。

芳草碧千里，桃花红一枝。

我来春未老，心恋夕阳时。

梅花亭

南园景物自清幽，园广亭荒几度秋。

花片乱随流水去，莺声娇带晚风柔。

云依树影空阶立，雨蚀苔痕断碣道。

却忆当年秦学士，落红如海写闲愁。

景宁古诗

瓯源诗路

鲍一谔（清）

题桂萍枫菊鸿鸥山月秋八景

一

从桂留人岩之邬，轮囷香饽一山古。
秋风撼动最高枝，空林历落坠香雨。

二

密叶藏鱼浑不知，西风吹满小方池。
一竿引得银鳞上，点点青圆贴钓丝。

三

晓霜绚染浅深红，再好残霞夕照中。
羡煞吴江饶丽景，遥舒碎锦趁秋风。

四

孤芳独作群芳殿，金英远见陶公面。
只嫌秋色由来淡，点缀东篱贯一片。

五

结阵湘江夕照边，衔芦飞渡九秋天。
离情别憾凭谁写，一幅云笺万缕烟。

六

逐浪随涛自在过，朝游沧海暮江河。
洞庭月色潇湘水，无限闲情付碧波。

七

白云深处樵夫话，红树梢头夕阳挂。

点点寒鸦满霜林，天然一幅无声画。

八

明镜高悬水接天，渔翁独卧荻芦边。

醒来忽讶通湖白，载得清光满钓船。

任曾贯（清）

高演庆云庵

一径入林深，地僻境逾静。

携壶步云庵，小憩挹清景。

优昙乱芬翠，石淙流泉泠。

合十谒众真，尘缘却已屏。

愿言拂松龛，长伴金粟影。

吴松徕（清）

高演庆云庵

欲扑三斗尘，须入云庵内。

诸佛与众真，一一瞻意态。

不风人自凉，既来还思再。

民　国

杨品元（民国）

茶园即景

横龙出脉现金星，仿佛沉光半月形。

万仞高山呈画像，一泓流水荡波清。

途途闽浙推周道，村发丁财识地灵。

横素民风追太左，卜居此地定安宁。

吴龙松（民国）

鲍岱即景

林泉错落望中奇，触目村居景色熙。

蹭亩遥连村内外，绿筠叠起树参差。

崇山作象溪前卷，峻岭如兰屋后垂。

一带岚光烟缭绕，依然画本展时开。

畲族歌言

畲族歌言

畲歌，我们都习惯地称之为歌言。畲族的歌言，是畲族的魂，是区分畲族与他族的重要标志之一。在历史长河中，无论时代如何发展，畲族歌言总是以他比较稳定的姿态在流行和传承着。

畲族歌言，古往今来是族群内生活劳作、情感表达的交流工具之一。

四句七言一首诗，传情达意总由时。

休闲劳作常啰哩，一敞心怀有故知。

畲族歌言的形式就像一首七言绝句，在一般情况下，一首四句，每句七字，第一、二、四句大多押平声韵，第三句最后一字必须是仄声字。畲歌歌词的用韵比较严格，一条歌的第一、二、四句末字如果不同韵部，唱起来就会感到别扭，不和谐，称之为不顺溜。同样，如果第三句的末字不是仄声字，其声音就产生不了抑扬顿挫的节奏感，从而很难把第四句接唱下去，这称之为没落句。

同时也具备起承转合的艺术结构，绝句诗四句称为一首，畲族歌言四句称为一条。起句一般是把要表达的事件、对象直接托出，承句、转句往往是详述事件或对象的具体内容，以及发展变化，情景交错，结句也注重把握整体，提高总结的层次。畲歌惯用的修辞手法是直抒胸臆，用形象思维把握对象的内容，修辞以比喻、并列、排比见多。

这里收集的部分，在景宁广泛流传。因篇幅过长，这里只是象征性地节选几段。主要来源于1988年版《浙江民间文学·景宁卷》还有部分是收集于鹤溪畲民传唱。

一、盘古开天（节选）

盘古开天苦哀哀，造天造地出世来。
左手拿日右拿月，身着树叶青苔苔。

盘古开天到如今，世上人有几样心。
何人心好与郎讲，何人心歹会骗人。

盘古开天到如今，一重山背一重人。
一潮江水一潮鱼，一朝天子一朝臣。

说山便说山连川，说水便说水根源。
做人便说世间事，三皇五帝定乾坤。

盘古置立三皇帝，造天造地造世界。
造出黄河九曲水，造出日月转东西。

造出田地分人耕，造出大路分人行。
造出明皇管天下，造出人名几样姓。

盘古开天万万年，天皇玉帝先坐天。
造出天干十个字，十二地支年来编。

天皇过了地皇来，又把日夜两分开。
一年又分十二月，闰年闰月算出来。

地皇过了是人皇，男女成双结妻房。
定落君臣百姓位，大小辈分序排行。

当初出朝真苦愁，住在石窟高山头。
有窠皇帝侬人讲，教人砌墙起门楼。

古人冇食食鸟兽，夹生夹毛血流流。
谁人钻木能取火，煮熟食了人清悠。

盘古传到高辛上，扮作百姓肽田场。
出朝游览天下路，转落京城做朝皇。

二、度亲歌（节选）

郎好度亲便托媒，落娘寮里问一回。
爷娘又讲女未大，等她十八二十岁。

一转问娘二转行，落娘寮里问嫂兄。
哥嫂又讲妹未大，教郎回转再来行。

三转问娘真佲信，佲信媒人佲甘心。
媒人回转与郎讲，定了正是郎的人。

音信来了去定亲，定了总是郎的人。
定落年尾送彩礼，送了彩礼是郎亲。

答应了、彩礼行，彩礼送了啰年庚。
定落年尾送日子，捡个日子合端正。

日子送了请媒人，感谢媒人劳苦身。
叔伯寮内来陪酒，一双布鞋抵黄金。

酒乃食啦饭端来，舀碗白饭高山台。
你娘舀饭碗碗满，上粘额头下粘嘴。

全鸡猪头来奉神，又请前朝老祖亲。
六亲九眷来座位，今晡是梦也是真。

神乃请啦便排筵，桌上又排几多连。
连连排落十六碗，今日与娘结姻缘。

大轿扛起一路红，一阵锣鼓一阵铳。
正是大户人家女，与郎双到白头翁。

三、宣酒歌（节选）

一双酒盏在烛台，宣你各位酒一杯。
劝你各位食双酒，冇好菜筵莫责怪。

一双酒盏红又红，宣你各位酒一盅。
奉劝各位食双酒，桌上杯碟也成双。

一双酒盏斟了斟，路头来远是苦心。
路头来远也辛苦，薄筵淡酒得罪人。

一双酒盏桌上排，捧上桌上劝兄弟。
劝你兄弟食双酒，兄贤弟礼爱学恰。

四、采茶歌（节选）

正月采茶是新年，捶锣打鼓闹占天。
山茶苞眼正抽苑，日日无事几清闲。

二月采茶闹纷纷，娘在寮里织彩带。
两头耕蔸茶米树，当央耕个采茶妹。

三月当战采茶天，明前茶米粒粒尖。
姐妹相唤来山上，笑语连连歌漫山。

四月采茶又芒种，娘女挎篮茶园中。
双手采茶冇停下，日头落山正歇工。

五月采茶五月时，蔸蔸茶米树连枝。
叶老青山采唔待，双手采茶冇主意。

五、情歌（节选）

夜夜情，　　　　　夜夜来唤小娘名。
夜夜来唤娘名字，从头一二讲来听。

娘唱歌句郎亦回，莫分娘骂是无才。
男人爱唱山伯歌，女人爱唱祝英台。

且唱一条来驳娘，娘唱歌句似刀枪。
力大难拔千斤树，海水难为斗升量。

娘唱歌句郎也回，盏中冇酒望瓶来。
郎是上流甘蔗子，重重节节与娘对。

白纸写字真又真，乌布做裙新又新。
相好情娘倍得唠，空做阳间一世人。

望见娘寮山麻麻，进出人貌似莲花。
今晡来与你娘唠，难得成双在娘家。

望见娘寮水流流，进出人貌好清秀。
要变蜜蜂过来采，要变阳鸟过来收。

深山茅寮有人行，深潭大海有船撑。
有心乘船把娘渡，渡娘真心总会成。

忖见娘身好笑笑，郎愿作被盖娘娇。
共枕一刻记你着，千年万岁赖不掉。

前日与娘讲定当，无人就入小娘房。
开口问娘娘不准，郎子移步转回乡。

六、生肖歌（节选）

寅生肖虎五色黄，出来罗食眼豪光。
碰着好食吃一肚，无食空肚走过岗。

卯生肖兔伴茅黄，脚长手短耳朵光。
人讲兔毛实在好，缚行毛笔写文章。

辰生肖龙会上天，身上金甲万点斑。
海洋载雨回山落，显出真颜谁得见。

巳生肖蛇实在懒，路头路尾卷盘盘。
肚着何人无见影，人乃肚见脚怕弯。

午生肖马脚四条，日夜来站在食槽。
心高志远怀千里，与人和合好相交。

七、节气歌（节选）

年乃过了立春头，作田人自心是焦。
山林树木都抽苑，秧地泥灰还未烧。

立春过了雨水来，山川百草青苔苔。
树木新芽满山绿，到处田事忙不开。

雨水过了惊蛰天，雷公隆隆响连连。
一阵乌云一阵雨，山头垟下都耕田。

惊蛰过了是春分，麦地成片绿沉沉。
日夜时间长一样，麦乃开花香喷喷。

春分过了清明来，田要翻犁畲要开。
莫做懒惰闲游逛，荒了田地过人嘴。

八、时辰歌（节选）

子时过了转五更，做事人仔睄唔成。
我今忠言与你讲，句句言语你爱听。

丑时鸡啼第几轮，起来烧火煮早顿。
爷娘又问乃些早，煮饭郎食好耕春。

寅时早饭排定当，入得间来唤阿郎。
轻轻话语唤郎醒，吩咐郎仔莫赖床。

卯时食饱郎先行，千万莫对女作响。
男人就做男人事，贤娘饲猪郎先行。

辰时日头艳艳红，勤郎脚手莫放松。
乃听老人一句话，提前一刻值半工。

九、哀歌·哭娘（节选）

娘今年老百事来，做女听着气难回。
耐想爷娘添福寿，添福添寿心正开。

娘今年老百事透，做女听着心里愁。
我想我娘添福寿，总想我娘食年凑。

娘今年老百事里，做女听着冇主意。
我想我娘添福寿，坐落寮里当锁匙。

女来肽娘过个岙，老鸦洗浴来丧报。
老鸦来报心慌乱，仔细越想越心焦。

女来肽娘过山背，老鸦哀号几多回。
做女听着心慌乱，心里想想泪流来。

我娘归阴不转头，一寮大细总是噍。
蚊帐割落来折好，香案立在娘床头。

叔伯坐落来商量，叔伯商量赶阴阳。
又唤先生捡日子，捡个日子好安葬。

去到村头坑门塘，好买净水洗我娘。
三分银钱一份水，洗了干净见阎王。

浴乃洗了正停当，手擎锁爪去开箱。
手擎锁爪开箱笼，不知着绿是着黄。

时辰乃到便报天，报天报地归阴间。
乃因我娘归阴府，龙归大海虎归山。

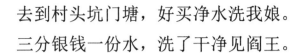

景宁古诗

畲族歌言

十、对歌（节选）

唱便唱，　　　　　唱个锦鸡对凤凰。
唱个麒麟对狮子，唱条歌儿对贤娘。

树对花，　　　　　郎子对娘做亲家。
男乃对女何缘分，我你对来共一家。

花对心，　　　　　郎子对娘瑟对琴。
我乃对你何缘分，千年永谐好结亲。

水对坑，　　　　　洞中花叶红对青。
花树便作花纽子，郎乃对娘便同行。

坑对塘，　　　　　坑水对路长对长。
花树来对花纽子，郎子对娘好思量。

地对天，　　　　　天上日月对凡间。
到处行云对流水，夜月来对照无眠。

酒对糟，　　　　　贤娘楠杼对布篙。
田里禾苗对水土，山林树木矮对高。

郎对娘，　　　　　州府官道对朝堂。
知县老爷对案桌，律法情理强对强。

十一、谜歌（节选）

真名功，　　　　问你什那纸生风。
问你什那纸包火，外边好看肚里空。

是名功，　　　　纸扇摇摇就生风。
纸做灯笼能包火，外边好看里边空。

真内行，　　　　什那好像大牛娘。
屙出屎来象铜钹，屙出尿来沃沃香。

是内行，　　　　油车好似大牛娘。
打扁茶枯象锣钹，榨出茶油沃沃香。

青山毛竹好造桥，造出篾桥何人摇。
千军万马都过了，只有神仙难过桥。

篾打米筛象竹桥，若要筛米便来摇。
筛上过米千千万，就剩谷子难过桥。

十二、儿歌

鸡公上岭尾拖拖，鸭仔落田呷草禾。
阿鹊上树唤名字，画眉鸟仔唱山歌。

鸡公上岭笄倒边，坑韭开花叶兰兰。
茅桐开花随山转，雪粉飘飘又一年。

鸡公上岭笄倒背，坑韭开花叶盖盖。
茅桐开花随山转，旧年过了新年来。

山崽细，　　　　　山崽着裙拖到泥。
十指排来有长短，山林树木有高低。

鸡娘生卵咕嗒声，鸡公远远赶来争。
鸡公又讲是其卵，鸡娘又讲是其生。

十三、故事歌·汤夫人（节选）

宋朝绍兴戊寅年，汤三相公开荒田。
土名坐落汤坪里，亲生二女送饭还。

汤三相公带女来，来到汤坪夫人台。
敕木山腰开田地，大女时年十五岁。

汤三相公实会做，擎起锄头都不坐。
农人勤耕得饱食，年年谷米又何多。

相公开田不怕难，田地多了好何算。
上坪下坪都开了，开了山坡开山弯。

爷乃开田女冇闲，日日送饭在山边。
爷若开田女送饭，土名留落夫人田。

亲生二女两姐妹，来到汤坪夫人台。
女听爷讲一句话，田亩太高冇水来。

女听爷讲把话回，有田不怕冇水来。
赶紧折来蒙花梗，下坵田水流上来。

下坵田水流上田，爷就讲女会成仙。
行到敕木山顶上，爷看背后女不见。

十四、斗争歌·打盐霸（节选）

民国世道不公平，山客受欺活不成。
盐霸官府欺人甚，编出山歌子孙听。

七月十七大水涨，禾未出齐就冲光。
房屋倒落牛压死，受灾日子实难当。

上山挖草当食粮，无盐来煮也难尝。
过年也冇三两买，外舍盐行称霸王。

政新东林来思量，发动二十七村庄。
点出人马六百五，汉老也来五十上。

三六一

附 录

金士衍《杂诗》，沈尹默书法

青山羅列着城環　不見環城只
見山行到偶與山斷處城門稀
謾未曾開　山上多栽杉與松線
陰齋雲復雲遊人行向林間過
時覺山前雨意濃　略見平沙

真仲丁胎大典子衿齋集故逢
逢為慮巖疆伏莽深特教
武并鎮山城興薪杯水咸四
用僅有防兵十一名鵓峰山
下景清奇　書院經營此最置
肄業士多三舍滿湯室增給

便作田一疇煙雨碧溪邊高嶹
無旱俄色潦萬口齋呼大有
年縣官有署傍山坡一曲青
溪門外抱溪簡刑清民差樣
訟庭審處蘭花多　山拼卜地
建置官歌詠先王雅興風釋

誦弦濱　景寧籍詩

鎮海金礦更先生筆書濤新庵
讨集四卷郡後教後芸其哲副
雪騰澎岫民孟悅舊篋平稔内
遠福三年芳手錄屬書一迥景
審籍詩以寫筆行帖兼全錄乎

此間誰是衆人欽第一看來在子

裕孝貢善威恩拔歲一時聲價

娘朔林大刀修石了釣弓民俗

由來重武風鄉榜近年多發

駕連添兩倍解无么深山夜半

忽鳴鑼殼是鄉村劉鑑過許料

市可經營雜鳳魚龍盡着名

堂上陳朱兩楔縧婚姻欽荊釵

年生田計在雞豚秫酒歲豬

石為牆白板門民俗除將耕耨外一

鉦鳴問教日寧一家數家煙火自威邨果

病家延道士打刀明火逐妖魔

縣署前移熱鬧匹數椽列肆

雜民居小人近市持匣過馬見

煎蘸不見魚朝來崇擔村壩誰

說薪貴樣如來飯人家光罕

見半滯莒殼半山薯日中至

布稠羅好嫁女風規尚樸醇迎

嬰新娘禮甚便女輿挂綵兩人肩

日陳毅泊三三席分宴賓朋四五天

喪事人家衆可哀帝謹草蓆薄

棺材每逢長玉節相近入骨磁

龍土異來每屆春秋助祭來大

家祠宇一肅開子孫受胙紛紛集

首座巍巍推秀才　各家祠堂咸推秀才主祭 高

墦間結隊恆人穉　長衫不蔽身

赤脚蓬頭麻布服　寒冬二服麻 市不御棉衣 終年

作苦是畬民　畬…… 毛長筆眼夏布錯作此非容處

此非土物向來擷晚產香菌

黍麥味儂塘詩碧山深處荅蘭

清明已發草活火清泉親手煮色

播浙東西　惠明山上惠明茶未屆

魚不俄更有茯苓魚白求盛名流

草壽日茶芳品是詩一晉敷花名

薰艸每逢秋夏養壽范一種奇

蛇葉品琛頴生雙角辨生鮮時

掌子午方開眼除卯新時眼不

明大西門外一高墩……浮印古

延存邊迄……當筆垂釣處今朝

風雨泠荒邨

古景寧雜詩補書……戊……歲

日長玉柞滬上寓齋……題

【沈尹默】（1883—1971），浙江吴兴（湖州）人，曾任北京大学文学系教授北平大学校长，五四运动时从事新文学运动，为《新青年》杂志编辑之一。提倡白话诗，旧体诗词功底亦深。1949年后，任中央文史馆副馆长，工楷、行、草书，尤精行书，自成一家，为世推重，1948年，寓居上海，应金氏后人之请，书录《静庐诗剩》。

后　记

　　《景宁古诗》经过两年多的搜集、整理、校正，今天终于付梓，将与读者见面。

　　参加本次编辑人员分别从《处州府志》、《丽水文学》、《景宁县志》、景宁境内姓氏宗谱、古籍藏书及《浙江民间文学·景宁卷》等渠道挖掘搜集的古诗词。编辑人员翻阅图书500余册，宗谱100余卷。本书编入景宁县内山、水、名胜古迹的古诗词共1099首，畲族歌言98首，两项共计1182首。其中古诗词分朝代：秦朝1首、晋朝1首、唐朝4首、宋朝15首、元朝4首、明朝110首、清朝924首、民国29首。畲族传统歌言是口口相传的唱本，所以即无作者又无年代记载。

　　本书得到县委、县政府和县委宣传部、县委统战部、县文联、县发改局、县财政局、县文旅局、县民宗局、县图书馆、县档案馆及社会各界的高度重视和支持，在此表示衷心的感谢。

　　由于古诗词收集整理工作面广量大、编者水平有限，书中错误在所难免，敬请行家、读者不吝赐教。

——编者

景宁古诗　后记